SV

Hans Magnus Enzensberger

JOSEFINE UND ICH

Eine Erzählung

Suhrkamp

Einband: Hermann Michels und Regina Göllner
Druck: Memminger MedienCentrum
Printed in Germany
Erste Auflage 2006
ISBN 3-518-41821-2

1 2 3 4 5 6 - 11 10 09 08 07 06

ERSTES HEFT

5. September 1990

Gestern nachmittag habe ich eine gute Tat begangen. Das geschah nicht ganz freiwillig. Es war ein Zufall. Der Zufall ist die Ausrede derer, die um Gründe verlegen sind. Ich war auf dem Heimweg. Die alte Dame, die drei Schritte vor mir herging, war mir nur dadurch aufgefallen, daß sie ein Hütchen aus dunkelgrünem Samt mit einem weißen Schleier trug. Daß ich sie gerettet hätte, wäre zuviel gesagt. Der Vorfall, der mich mit ihr bekannt machte, ist mir förmlich zugestoßen, in Gestalt eines Motorrollers, der von hinten kam und mich überholte. Vor mir trat der Kerl im roten Lederdreß, der mich fast gestreift hätte, plötzlich auf die Bremse und entriß der alten Dame, ohne abzusteigen, mit geübtem Griff die Handtasche. Ich sah, wie sie taumelte. Bevor der Mann wieder anfahren konnte, hatte ich ihn eingeholt. Ich trat derart heftig gegen den Tank seines Rollers, daß er stürzte, und entwand ihm das Täschchen, das übrigens mit lauter kleinen Perlen bestickt war. Eine Heldentat war das nicht, eher eine Reflexhandlung. Während ich Josefine auf die Beine half, rappelte sich der Räuber auf, stieg in den Sattel, gab Gas und machte sich aus dem Staub.

Ein huldvolles Nicken war mein Dank. Die Dame mit dem grünen Hut betrachtete mein Eingreifen offenbar als Selbstverständlichkeit. Sie fragte mich mit hochgezogenen Augenbrauen, ob ich die genaue Zeit hätte. Ich war so verblüfft, daß ich ihr, statt zu antworten, die Tasche hinhielt, die sie sorgfältig prüfte, bevor sie sie entgegennahm.

– Mein Vater, sagte sie, hat sie mir zu irgendeiner Hochzeit geschenkt. Ich erinnere mich. Es war meine erste. Damals in London, in der Bond Street. Ich war noch keine zwanzig.

Inzwischen war, vielleicht von den Passanten herbeigerufen, ein Polizist aufgetaucht.

– Sehr nett, beschied ihn die Dame, aber Ihre Hilfe wird hier nicht mehr benötigt. Dieser Herr war so freundlich, sich der Sache anzunehmen.

Der Polizist hatte offenbar keine Lust, den Fall zu protokollieren. Er legte die Hand an die Mütze und ging. In diesem Augenblick hätte ich mich verabschieden sollen, doch sie kam mir zuvor. – Warten Sie, sagte sie, kramte aus ihrem Täschchen eine dicke silberne Taschenuhr hervor, konsultierte sie, sah mich an und stellte fest:

– Es ist vier Minuten nach fünf, immer noch Zeit für einen Tee. Kastanienallee 12, bei Josefine K.

Ich begriff, daß es sich um eine Einladung handelte, und ich war nicht geistesgegenwärtig genug, sie abzulehnen.

6. September

Josefine K., diesen Namen muß ich schon einmal gehört haben. *It rings a bell*, wie man in England sagt, nur weiß man oft nicht recht, was die Glocke zu bedeuten hat. So leicht vergilbt der Ruhm, daß einem nur dieses ferne Gebimmel im Ohr bleibt. Eine Schauspielerin? Die Witwe eines heiliggesprochenen Malers? Eine Diva aus UFA-Zeiten? Auf dem Weg zur Kastanienallee habe ich mir vergebens den Kopf zerbrochen, während Josefine durchaus rüstig voranschritt. Auf Konversation schien sie keinen Wert zu legen, und meine halbherzigen Versuche, mit ihr ins Gespräch zu kommen, beantwortete sie nur mit einem abwesenden Lächeln.

Ihr Haus war das einzige in der Gegend, das nicht mit buntem Verputz prahlte. Hier war kein Denkmalschutz, kein Investor am Werk. Einige der grünen Fensterläden hingen schief in den Angeln, die Balkongitter waren angerostet, und der Vorgarten hatte lange keine Harke mehr gesehen. Doch das kleine Messingschild an der Tür war auf Hochglanz poliert.

Kann es sein, dachte ich, daß sie hier ganz allein wohnt? Das Haus wirkte viel zu weiträumig für eine Person. In dem dunklen, eichengetäfelten Foyer stand eine magere, kleine Greisin, die mir wortlos den Mantel abnahm. Der große Salon war sparsam möbliert. In der Mitte stand ein achteckiger Teetisch mit Intarsien aus dem Biedermeier. Josefine nahm auf einem dunkelroten Diwan Platz, ich auf einem der gepolsterten Stühle, deren Seidenbezüge etwas verschlissen wirkten. An den Wänden fielen mir die vielen Tischchen auf. Überall lagen achtlos liegengelassene Bücher herum. Nirgends waren Souvenirs zu sehen, keine Photos oder Memorabilien, dafür am Fenster ein Konzertflügel, auf dem sich allerhand Papiere häuften. Offene Flügeltüren, spärlich möblierte Nebenzimmer, die einen verlassenen Eindruck machten. Die hohen Sessel, die dort standen, waren mit weißen Hussen verhüllt.

Josefine schlug überraschend heftig auf eine Tischklingel, wie man sie in der Portiersloge von Familienpensionen findet. Sogleich erschien die Alte, die sich ein Schürzchen umgebunden hatte und sich murmelnd nach den Wünschen der »Pani« erkundigte. Wieso Pani?

– Vergiß die *petits fours* nicht, Frieda. Du siehst doch, daß wir einen Gast haben.

– Was für *petits fours*? Sie wissen doch, daß wir so was nicht haben.

– Und wo bleibt meine Nußschnecke?

– Dr Feilchenfeldt hat's verboten.

– Dann geh!

Und mit einer Handbewegung scheuchte Josefine ihre widerspenstige Dienerin weg. Wo sie die nur aufgetrieben hatte? Ich wurde nicht klug aus ihrem Akzent. Böhmen? Polen? Balkan?

– Sehen Sie, schnaubte Josefine, so geht das den ganzen Tag. Sie ist treu wie Gold, das schon. Aber nur, weil sie ohne mich nicht sein kann, und ich nicht ohne sie. Wir sind unzertrennlich. Das ist ja das Schlimme. Sie haben keine Dienstboten? Seien Sie froh! Das sind die reinsten Haustyrannen. Kennen Sie diesen Berliner Philosophen, den mit dem Weltgeist? Der hat's kapiert. Früher oder später wird die Magd zur Herrin, und umgekehrt. Sie bestimmt, was ich essen darf und was nicht. Und überhaupt …

Ich zog es vor, das Thema zu wechseln, und erkundigte mich nach ihren musikalischen Vorlieben.

– Sie meinen den Flügel? sagte sie und lachte. Der steht nur im Weg. Er ist seit Jahren verstimmt, genau wie ich.

Sie hat eine fast männliche, leicht aufgerauhte Altstimme. Plötzlich war ich mir sicher, daß ich eine Sängerin vor mir hatte, die vor vielen Jahren, lange bevor ich zum ersten Mal einen Konzertsaal von innen sah, ihre Triumphe gefeiert haben mußte. Etwas an ihrer Allüre erinnert an eine Diva. Also habe ich einen kleinen Bluff riskiert.

– Ich weiß, wer Sie sind, sagte ich.

Sie sah mich mit ihren porzellanblauen Augen an – oder blickte sie an mir vorbei? Sie hatte einen leichten Silberblick.

– Was Sie alles wissen!

– Eine berühmte Sängerin.

– Na und? Davon haben Sie wohl kaum einen Schimmer. Aber gut, wenn Sie meinen. Natürlich bin ich berühmt, oder berüchtigt. Oder ich war es irgendwann, als Sie noch im Kindergarten mit Ihren Bauklötzchen spielten. Nur, was heißt das schon? Berühmt, wie der Mann, der beim Schützenfest den Vogel abgeschossen hat. Oder der Nobelpreisträger für Chemie, der mit seinen Kollegen im Bus zum Konferenzhotel fährt. Im Bus ist er eine Zelebrität, aber sobald er aussteigt, kennt ihn keiner mehr. Sicher sind Sie auch ein Mann von Bedeutung, der hie und da in der Zeitung steht.

Sie hielt sich die Hand vor den Mund, aber ich hörte sie lachen. Ich habe mich geärgert, aber sie hatte nicht ganz unrecht, denn im Institut halten sie mich inzwischen für unentbehrlich, und im Stiftungsrat tun sie so, als hätten sie alle den ellenlangen Aufsatz gelesen, den ich letztes Jahr im *Macroeconomics Annual* veröffentlicht habe.

Das könne man nicht vergleichen, behauptete ich. Eine hochbegabte Sängerin, so viel wisse sogar ich, habe stets ein Publikum, das sie feiere, verwöhne, anbete. Das könne sie wohl kaum vergessen haben. Sie müsse mir schon erlauben, an ihrer Bescheidenheit zu zweifeln.

– Was sagen Sie da! fuhr sie auf. Dieses häßliche Laster hat mir noch niemand nachsagen können! Eitelkeit, meinetwegen. Ihr zu entrinnen ist ja ohnehin aussichtslos. Es kann sich nur darum handeln, eine Variante zu wählen, die nicht allzu peinlich ist. Immerhin interessiert sich, wer eitel ist, für den Blick der andern, was man vom Narzißten nicht sagen kann. Der Narzißmus ist die Berufskrankheit der Langweiler. Ein degoutantes Gebrechen! Wer sich mit seiner eigenen Psyche beschäftigt, ist zu bedauern. Solchen Leuten fehlt es an Humor.

(Sie behauptet also, sie hätte Humor, dachte ich, zog es aber vor, nichts zu sagen.) Aber sie war noch nicht fertig mit ihrer Tirade.

– Wenn Sie es schon hören wollen – die Demut, ja, die finde ich akzeptabel, vorausgesetzt natürlich, daß sie sich nicht offen äußert.

Ich war verblüfft, aber geglaubt habe ich ihr nicht. Inzwischen saßen wir fast im Dunkeln. Der Kronleuchter spendete kaum Licht. Mit seinen zwei einsamen Vierzig-Watt-Birnen glich er eher einer Funzel. Ich stand auf, dankte für den Tee und für die interessante Unterhaltung.

– Dann also bis zum nächsten Dienstag, sagte sie und reichte mir die Hand in einer Haltung, die vermuten ließ, daß sie auf einen Handkuß gefaßt war. Ich wäre Ihnen dankbar, wenn Sie pünktlich wären.

Auf dem Korridor warf mir die alte Dienerin, als sie mir den Mantel reichte, einen mißtrauischen Blick zu, so als wäre ich ungebeten in das Reich ihrer Herrin eingedrungen.

Ich habe angefangen, Josefines Reden aufzuschreiben, weil sie so sonderbar sind. Etwas an ihr irritiert mich, und doch denke ich noch Tage danach an das, was sie gesagt hat, und frage mich, was ich an ihr und an ihrem Spukhaus finde.

11. September

Im Institut sind wir an Überstunden gewöhnt, und gestern war wieder einmal der Teufel los. Der Zehn-Stunden-Tag ist in meinem Job der Normalfall. Mir fehlt einfach die Zeit für Fünf-Uhr-Tees, und ich weiß auch nicht recht, warum ich mir die Lebensweisheiten dieser alten Dame anhören sollte. Offenbar denkt Josefine, sie könne über mich verfügen. Wie kommt sie eigentlich dazu? Schließlich kann sie nicht behaupten, daß wir befreundet wären. Tatsache ist, daß ich mir schon überlegt habe, wie ich sie wieder loswerden könnte. Aber ich bringe es nicht fertig, ihr ins Gesicht zu sagen, daß ich keine Zeit für sie übrig habe. Ich fürchte, diese – bei allem Respekt – alte Schachtel ist eine ganz besondere Art von *femme fatale*: Zwar will ich nichts von ihr wissen, aber ich komme nicht los von ihr. Ihre dreiste Suada ist es, die mich fesselt. Sie kennt keine Selbstzensur. Das ist es, was ich ihr übelnehme und was ich an ihr – ungern! widerwillig! – bewundere.

Also bin ich trotz allem wieder hingegangen.

Ich habe entdeckt, daß sie raucht. Beim ersten Mal hat sie sich noch beherrscht, aber diesmal hat sie mir eine Zigarette angeboten. Ich habe ihr erklärt, warum ich es nicht für eine gute Idee halte, zu rauchen. Sie hat ungerührt weitergepafft, drei Gauloises in einer Stunde.

– In meinem Alter, meint sie, brauche ich mir keine Ratschläge mehr anzuhören. Umgekehrt wird ein Schuh daraus! Sie sollten sich zu Herzen nehmen, was ich Ihnen sagen will. Wer über seine Gesundheit nachdenkt, der begibt sich in Lebensgefahr. Artikel, die sich mit diesem Thema beschäftigen, machen krank. Plötzlich entdecken Sie, daß Ihr Rücken schmerzt, oder Sie bemerken in Ihrem Ohr einen verdächtig schrillen Ton. Gehen Sie ja nie zum Arzt, wenn es sich vermeiden läßt! Keine Tests! Keine Kaliumwerte! Keine Pillen! Und vor allem: keine Diät!

– Ihre Frieda, wende ich ein, scheint da ganz anderer Meinung zu sein.

– Sagen Sie ja nicht Frieda zu ihr, das kann sie nicht

leiden. Fryda, mit Ypsilon! (Ich konnte keinerlei Unterschied hören.) Sie kommt nämlich aus Hirschberg in Schlesien, weiß der Teufel, wie es heute heißt, irgend etwas Unaussprechliches, nehme ich an. Sie haben ja gehört, wie sie redet. Wasserpolnisch, so nennt man, glaube ich, diesen komischen Akzent. Und darauf ist sie auch noch stolz!

– Frieda oder Fryda, sagte ich, wie Sie wollen. Man kann sich manches im Leben nicht aussuchen, seine Familie, seine Freunde, und das gilt vermutlich auch für Ihr Mädchen für alles. Sie sollten froh sein, daß jemand auf Sie aufpaßt! Keine *petits fours*, keine Nußschnecken. Tee ohne Sahne und ohne Zucker. Und was sagt eigentlich Ihr Dr Feilchenfeldt dazu, daß Sie rauchen?

– Ach der! Er meint es gut mit mir, aber er sieht nicht ein, daß ich pathologisch gesund bin mit meinen fünfundsiebzig Jahren. Das glauben Sie nicht?

– Doch, doch. Aber dann sollten Sie von diesen Dingen lieber schweigen, Josefine. (Als hätten wir uns nicht erst vor einer guten Woche kennengelernt, sind wir bereits bei den Vornamen angelangt. Nicht ich war es, der damit angefangen hat.) Ich fürchte, Sie sind eine Analphabetin des Schmerzes.

– Und Sie, Joachim? Was wissen Sie darüber? Was fehlt Ihnen? Nichts? Sie sehen doch ganz passabel aus, wenn ich das sagen darf. (Ich kannte sie bereits gut genug, um ihren Komplimenten zu mißtrauen.) Sind Sie verheiratet? Nein? Warum nicht? Wovor haben Sie Angst? Ich hoffe, Sie halten sich von diesen Perversionen fern, von denen ich gehört habe. Fitneß, Wellneß, Jogging und so weiter, ganz zu schweigen vom Sport. Schade, daß man diesen Unsinn nicht einfach verbieten kann. Eine häßliche Angewohnheit, wenn Sie mich fragen. Oder können Sie mir erklären, was an einem Fußballspiel tänzerisch oder gar raffiniert sein soll? Das ganze Gebrüll wäre überflüssig, wenn jeder von diesen Kerlen einen eigenen Ball bekäme, dann bräuchten sie sich nicht darum zu balgen.

Mit einer so massiven Ignoranz hatte ich nicht gerechnet. Was versteht so jemand vom Fußball! Ich war nahe daran, Streit mit ihr anzufangen. Aber ich habe schon nach dem ersten Besuch eingesehen, daß es keinen Sinn hat, ihr zu widersprechen. Hätte ich ihr sagen sollen, daß ich fast an jedem Wochenende vor dem Fernseher sitze und mir ein Spiel ansehe? Manchmal raffe ich mich sogar auf und fahre hinaus ins Stadion.

– Aber was haben Sie denn, mein Lieber, fragte sie, als ich aufstand, um mich zu verabschieden. Vielleicht sind Sie einer von denen, die sich irgendwelchen Leibesübungen hingeben? Habe ich Sie gekränkt? Verzeihen Sie mir. Bestimmt haben Sie bemerkt, daß ich etwas weltfremd geworden bin. Wenn es Sie stört, daß ich rauche …

– Aber nein, keineswegs! Wir waren wieder bei den altmodischen Höflichkeiten angelangt.

– Sie werden mich doch nicht im Stich lassen, sagte sie beim Abschied und warf mir aus ihren blauen Augen einen spöttischen Blick zu, als wollte sie sich darüber lustig machen, daß sie mit mir flirtete; denn anders konnte man ihre Koketterie kaum deuten. Dann sah ich, daß Fryda unter der Tür stand. Ich bin mir sicher, daß sie mir zuzwinkerte, als wäre ich ein Verbündeter. Das ist ein gutes Zeichen. Sie hat gelauscht, dachte ich, und sie hat mir recht gegeben.

19. September
Josefines Nonchalance kennt keine Grenzen. Bisher habe ich keine Spur von Selbstlosigkeit an ihr entdecken können. Sie ist, mit einem Wort, vollkommen asozial.

Trotzdem hat sie sich gestern über die Gerechtigkeit ausgelassen. Wie wir auf dieses Thema gekommen sind, weiß ich nicht mehr. Wahrscheinlich habe ich, weil ich an Fryda dachte, eine polnische Familie in meiner Nachbarschaft erwähnt, die über Nacht ausziehen mußte, weil sie ihre Miete nicht mehr bezahlen konnte. Die Hausbesitzer und die Mieter, das ist ein ewiger Bürgerkrieg *en miniature*. Eine strukturelle Ungerechtigkeit, der mit Gesetzen kaum beizukommen ist. Sofort ging sie auf mich los.

– Ha! Die Gerechtigkeit! Schöne Idee. Nur daß sie jeder Empirie ins Gesicht schlägt. Eigentlich schade. Nie war von dieser vollkommen unnatürlichen Vorstellung soviel die Rede wie heute. Wahrscheinlich, weil sie sich nirgends blicken läßt. Ich frage mich, wie die Menschheit darauf gekommen ist. Obwohl jeder von uns sofort bemerkt, wie dumm der eine ist und wie gescheit der andere, obwohl die Schöne einfach besser dran ist als die

Häßliche. Obwohl manche, wie zum Beispiel ich, kerngesund sind, andere sterbenskrank, obwohl der eine schon im Kreißsaal stirbt, sein Zwillingsbruder aber erst mit hundert in seinem Bett. Ich gebe ja zu, daß die meisten von uns zehn Finger und zwei Nieren haben, ein Herz und womöglich sogar eine Seele. Aber da endet schon jede Ähnlichkeit. Die Fortune kennt kein Erbarmen. Entweder Pechvogel oder Sonntagskind. Wo bleibt sie da, Ihre Gerechtigkeit?

Vergeblich werfe ich ein, daß es nicht meine Gerechtigkeit ist, um die es sich handelt.

– Egal. Obwohl die Menschheit ein paar zehntausend Jahre lang erfahren hat, daß sich daran so gut wie nichts ändern läßt, hält sie unbelehrbar an dieser Idee fest. Bewundernswerte Hartnäckigkeit!

Plumper Naturalismus, dachte ich. Offenbar hat sie nie davon gehört, daß es gerade diese »Idee« ist, was uns von den Mehlwürmern unterscheidet.

– Doch doch, fällt sie mir ins Wort. Ich habe davon gehört. Bis zum Überdruß! Soziale Gerechtigkeit, Sozialarbeit, Sozialamt, Sozialdemokratie, Sozialhilfe. Und dann, nicht zu vergessen, auch noch die Solidarität.

Sie fing auf einmal an zu singen. Zu meiner Verblüffung war es das Lied, das Eisler auf einen Text von Brecht komponiert hat. Es war kein richtiger Gesang, sie markierte eher, fast war es ein Krächzen: »Vorwärts, nie vergessen ... Die Solidarität ... Denn sie ist die stärkste Waffe, der kein Gegner widersteht.«

– Das wundert Sie? Doch doch, auch ich habe das einmal hergeleiert. Es gab Zeiten, da sollte man immer mit irgendwas oder mit irgendwem solidarisch sein. Aber dann ist mir aufgefallen, daß das die reinste Einbahnstraße war. Ich kann mich jedenfalls nicht daran erinnern, daß sich je einer mit mir solidarisiert hätte. Nicht im Traum haben sie daran gedacht, als mir das Wasser bis zum Hals stand. Also entschuldigen Sie bitte, aber ich kann diesen Rosenkranz einfach nicht mehr hören. Den politischen Betschwestern, die ihn tagein, tagaus herbeten, dürfen Sie kein Wort glauben.

Auf einmal wurde mir ihre Suada zu dumm.

– Sie wissen nicht, wovon Sie reden, sagte ich ihr ins Gesicht. Das ist doch gespenstisch, wie Sie hier in Ihrer Villa über den Lauf der Welt reden und dabei keinen Schritt vor die Tür machen. Da draußen sieht es nämlich ganz anders aus, als Sie sich das vorstellen. Ich weiß, wovon ich rede.

– Natürlich. Weil Sie ein studierter Mann sind und sich auf dem laufenden halten.

– Weil ich da war. Ich habe in Afrika gearbeitet, und ich weiß, was in Rußland los ist. Übrigens brauchen Sie sich nur hier in der Stadt umzusehen, um zu kapieren, daß es ein paar U-Bahn-Stationen weiter ganz anders zugeht als in der Kastanienallee. Offen gesagt, Ihre leichtfertigen Reden gehen an der Realität vorbei.

– Immerhin habe ich Sie aus der Reserve gelockt. Es gefällt mir, wie Sie mich ausschimpfen. Ich hätte gar nicht gedacht, daß ein Umstürzler in Ihnen steckt.

– Ach was! Sie halten mich wohl für einen Traumtänzer? Leute wie ich werden dafür bezahlt, daß sie versuchen herauszufinden, was der Fall ist. Und ich wäre ein Scharlatan, wenn ich mich mit so hirnrissigen Plattheiten zufriedengäbe, wie ich sie von Ihnen hören muß.

– Gut gegeben, mein Lieber. Aber es steht noch dahin, wer es sich hier leichter macht. Es wird Sie vielleicht überraschen, aber dieser alte deutsche Jude, Sie wissen schon, wen ich meine, der mit dem großen Bart, der war ganz meiner Meinung. Gelesen habe ich nichts von ihm, aber als Kind habe ich viel von ihm reden hören. Mein Vater hatte eine Vorliebe für Marx, oder war es Engels? Er sagte immer, eines Tages werden diese Leute uns alles wegnehmen, auch deine Spielsachen. Mir wollte das ganz und gar nicht gefallen, aber mein Vater fand es einleuchtend. So sei das eben mit dem Klassenkampf.

Wieder hat sie mich verblüfft. Ausgerechnet Josefine! Ob sie den Klassenkampf von oben meint? Es wäre ihr zuzutrauen. Aber nein! Sie fragt mich, wo die Proletarier aller Länder geblieben seien. Damals, als sie jung war, hätten sich alle für das Proletariat interessiert, nicht nur die Bolschewiken. Die Arbeiterklasse, hieß es, werde allen andern über den Kopf wachsen, überall an die Macht kommen, ja sogar, wenn sie sich recht erinnere, eine Diktatur errichten. Dann würden die Fabrikschlöte rauchen wie auf den russischen Plakaten. Heroische Figuren, kräftige nackte Oberkörper, mächtige Muskeln, schwielige Fäuste. Sowas, sagte sie, sehe man immer seltener heutzutage. Und auch der Kapitalist im Zylinderhut, die teure Zigarre im Gesicht, oft mit einer auffällig krummen Nase ausgerüstet, sei verschwunden und habe die Bühne dem Manager überlassen, diesem reichen armen Teufel, der nicht nur doppelt so lange zu arbeiten habe wie seine Untertanen, er müsse auch noch dem Trunk und dem Tabak entsagen, Diät bis zur Magersucht und Fitneß bis zur Erschöpfung treiben.

– Und am anderen Ende, fuhr sie fort, was finden wir da? Eine immer weiter anschwellende Zahl von armen armen Teufeln, die kaum lesen und schreiben können und für die sich kein gieriger Ausbeuter mehr findet. Lauter überflüssige Menschen, die es stillzustellen und zu verwalten gilt. Kurzum, Klassengesellschaft, wohin man blickt. Also, wenn ich bitten darf, verschonen Sie mich mit Ihrer sozialen Gerechtigkeit!

Ich saß da vor dem Tee, der längst kalt geworden war, und wunderte mich über dieses Ungeheuer. Sie verwikkelt mich in abstruse Debatten, führt sich auf, als wäre sie Sokrates. Dabei mißfällt es ihr, wenn man ihr widerspricht. Widersprechen kann ich mir selber, sagt sie. Wenn es ihr in den Kram paßt, beruft sie sich auf die Logik; wenn nicht, nicht. Mit ihren Tricks kann sie einen zur Weißglut treiben. Merkwürdig, was man sich alles von ihr gefallen läßt!

25. September

Jeden Dienstag um Punkt fünf Uhr öffne ich nun das verschnörkelte Gartentürchen, und ohne daß ich die altmodische Klingel mit dem Messinggriff gezogen hätte, geht die grüne Haustür mit dem gorgonenhäuptigen

Klopfer auf, und Fryda sieht mich mit unbewegter Miene an.

Einmal die falsche Türglocke gezogen, das ist, wie es heißt, nie wieder gut-, oder besser gesagt, nie wieder rückgängig zu machen. Ich beklage das nicht. Inzwischen höre ich dieser ältlichen Sirene gerne zu. Auch wenn sie ihre leicht heisere Altstimme nicht hebt, glaubt man ihr sofort, daß sie singen kann. Ich bin nicht imstande, mir Wachs in die Ohren zu stopfen. Daran, daß sie mich nicht langweilt, bin ich selber schuld.

Ich hatte den Eindruck, daß Josefine von dem, was in der Politik passiert, kaum Notiz nimmt, aber da hatte ich mich getäuscht. Sie war es, die anfing, über Kohl zu schimpfen, den sie den Unvermeidlichen nannte. Den werden sie auch diesmal wieder wählen! Ihre Begeisterung über die Vereinigung scheint sich in Grenzen zu halten. Kühl wie eine Gurke sagt sie, sie finde kleinere Länder sympathischer als große. Ob sie damit auch die DDR meint, will ich wissen. Keineswegs! Liechtenstein oder Luxemburg! Sie ist ein hoffnungsloser Fall. Aber daß ihr patriotische Regungen fremd sind, wundert mich nicht. Ich widersprach ihr nur matt, denn ich hatte einen anstrengenden Tag im Institut hinter mir, wo sich die Arbeitsgruppe über die ökonomischen Folgen der Wende zerstritten hat. Ich gehöre zu denen, die der Ansicht sind, daß die DDR auch den Westen in den Abgrund reißen wird. Der Währungsumstellung liegt keine vernünftige Folgenabschätzung zugrunde, und die Treuhand ist eine Zeitbombe. Dazu kommt noch, daß die vorliegenden Statistiken völlig wertlos sind. Ich bleibe dabei: Im Osten droht uns ein einziges schwarzes Loch. Mein Chef führt die Gegenpartei an und sieht alles auf gutem Wege. Immerhin läßt er mich reden, auch wenn meine Argumente kaum in unsere Berichte eingehen dürften. Der Konflikt wird uns noch jahrelang beschäftigen.

Aber Josefine hält sich nicht mit solchen Überlegungen auf. Ost oder West, erklärt sie, das sei Jacke wie Hose. Offenbar mißfällt ihr alles, was mit unserem Staat zu tun hat. Ihrer Meinung nach handelt es sich um einen Mann. Sie stellt sich vor, daß er einen Wanst hat, weil er nie genug kriegen kann. Nicht nur hält sie ihn für unbelehrbar und skrupellos. Vor allem wirft sie ihm seine schlechten Manieren und seinen schlechten Geschmack vor. Er mischt sich überall ein, rempelt einen fortwährend an, und, was das Schlimmste ist, er will einen unbedingt betreuen. Kurz gesagt, es handelt sich um einen Biedermann mit hoher krimineller Energie. Sie verlangt von ihm nur eines: er soll sie einmal, und sei es nur einen Monat lang, in Ruhe lassen. Aber der Staat denkt nicht daran. Immer wieder finde sie irgend etwas Vorgedrucktes im Briefkasten, mault sie, und meistens wolle dieser öde Mitesser kassieren. Das sei wie bei der Mafia: Immer sollen wir Schutzgeld zahlen.

Ich frage sie, ob sie es wirklich lieber mit einem Haufen rivalisierender Banden zu tun hätte. Ob sie gerne ohne Feuerwehr, ohne Polizei, ohne *rule of law* auskäme; mir persönlich scheine es auch sinnvoll, daß es Verkehrsregeln gibt, weil ich ungern überfahren werde. Das könne sie gerade noch einsehen, räumt Josefine ein, aber alles, was darüber hinausgehe, finde sie störend. Eine komische Art von Anarchistin; sie besteht darauf, daß man ihr den Vortritt läßt, daß man sie bedient, und ich vermute, daß sie sogar im Sommer weiße Spitzenhandschuhe trägt.

Hat sie nie was von Hobbes gehört? *Homo homini lupus*, Gewaltmonopol und so weiter? Wie will sie sich selber schützen, mit ihrem Regenschirm? Ist der Nachtwächterstaat ihr Ideal? – Ja, natürlich! ruft sie. Der Nachtwächter sei eine sehr nützliche Einrichtung, schade, daß man ihn abgeschafft hat. Ich fürchte, sie ist nur auf ihren eigenen Komfort bedacht.

Und das heißt nicht zuletzt: auf ihre Garderobe. Irgendwo in diesem Haus müssen ein paar gewaltige Kleiderschränke stehen. Jedesmal trägt sie etwas anderes, und man sieht es den Sachen an, daß sie maßgeschneidert sind. Ich verstehe nichts davon, aber diese diskreten, teuren Kostüme, Röcke, Blusen, Spitzenkragen, Halstücher und Stiefelchen sehen eher nach Paris, London oder Mailand aus als nach dem, was hierzulande als schick gilt. Alles übrigens tadellos gebürstet und gebügelt. Diese Fryda ist offenbar das, was man einst unter einer Perle verstanden hat. Freilich haftet Josefines Garderobe etwas Altertümliches an. Patina, das wäre zuviel gesagt. Keine Spur von Mottenkugelgeruch, aber diese Volants und Plissees und die Stoffe, Organza, Tüll und Taft, kommen mir vor wie aus den versunkenen dreißiger Jahren. Sie sind das, was meine Tanten bis an ihr Lebensende Friedensware nannten.

Vorsichtig frage ich danach, was sie von der Mode hält.

– Das ist etwas, was man an sich vorbeiziehen läßt, sagt sie. Man wirft einen Blick auf die Sachen, das genügt fast immer. Können Sie mir erklären, warum es so viele Kleidergeschäfte gibt? Ein gut verarbeitetes Kostüm hält mindestens zwanzig Jahre. Neue Sachen sind immer etwas unbequem, besonders die Schuhe, ganz abgesehen davon, daß das meiste, was man sieht, extrem häßlich ist. Wahrscheinlich liegt das an den sogenannten Designern, von denen wohl noch keiner eine Schere oder eine Ahle in der Hand gehabt hat. Früher kam die Schneiderin ins Haus, heute laufen die Leute den Lieferanten nach. Ich habe Menschen gesehen, die mit dem Namen einer Fabrik auf ihren Kleidern spazierengingen, als wären sie lebende Litfaßsäulen. Das ist doch recht sonderbar.

– Warum lassen Sie den Leuten nicht ihre kleinen Vorlieben? Die wenigsten kaufen sich immer neue Kleider, weil sie sonst frieren würden. Nach der Sommer- kommt die Herbst- und danach die Winterkollektion, wie das Amen in der Kirche. Das ist gut für die Konjunktur.

– Und für die Kreativität. Eine unausstehliche Manie! Jeder Trottel bildet sich ein, er hätte Ideen. Dabei gibt es an den meisten Sachen nichts zu verbessern. An einem Bett oder an einem Fahrrad herumzudoktern ist Unsinn.

Diese Gegenstände sind perfekt. Ebensogut könnten Sie versuchen, die Kaurimuschel zu modernisieren. So etwas kann nur einem Designer einfallen. Mir kommt derartiges nicht ins Haus. Ich brauche einen Tisch, der wie ein Tisch aussieht und nicht wie ein lila Hamburger. Und ich habe auch keine Lust, mich anzuziehen, als ginge ich auf einen Faschingsball.

Ich versuche ihr zu erklären, warum die meisten von uns ganz anders darüber denken. Wir brauchen Verkleidungen, weil wir aussehen wollen, als wären wir jemand anders. Wie Kinder, die den Kleiderschrank der Eltern plündern, sich schminken, Turbane und Strohhüte anprobieren. Nur daß die Verkäuferinnen nicht mehr Prinzeßchen spielen, sondern Rockerbraut oder Callgirl, und die Sparkassenangestellten Rennfahrer, Söldner oder Bankräuber.

Josefine schaut mich an, als wäre ich daran schuld – ich mit meinem mausgrauen Allerwelts-Anzug!

– Mummenschanz, sagt sie, verächtlich.

Ich verabschiede mich, ohne ihr das Kompliment zu machen, das ihre Garderobe verdient hätte. Für die Konfektion ist sie ein hoffnungsloser Fall. Was mir zu denken gibt, ist der Kontrast zu ihrer Einrichtung, die etwas Vernachlässigtes, um nicht zu sagen Schäbiges hat. Ich frage mich, warum in diesem Haus an der Beleuchtung gespart wird. Vielleicht sollte ich ihr ein paar Glühbirnen mitbringen?

3. Oktober

Ich habe mich nicht getraut. Sonst bin ich nicht so schüchtern. Aber wie sieht das denn aus, wenn man mit einem Sack voller Lampen zum Tee kommt!

Heute haben wir einen neuen Feiertag, der jedoch niemanden zu begeistern scheint. Ich frage mich, ob Josefine ihn überhaupt bemerkt hat. Von Beitritt ist die Rede, als wäre Deutschland ein eingetragener Verein. Die Querelen im Institut gehen weiter. Trotzdem finden die Kollegen noch Zeit, sich über mich das Maul zu zerreißen. Gestern hörte ich zufällig, wie sich zwei auf dem Korridor unterhielten. – Jeden Dienstag geht er früher weg. Sogar den Quartalsbericht hat er einfach liegenlassen. – Offenbar hat er eine neue Freundin. – Endlich! Aber warum nur einmal in der Woche? Und so weiter. Sicher stellen sie sich ein Mädchen aus der Disco vor. Sie wären erstaunt, wenn sie wüßten, daß es sich um eine Fünfundsiebzigjährige handelt. Ich hätte Lust, ihnen zu sagen, was ich auch Josefine zu bedenken gab: daß man sich seine Freunde nicht aussuchen kann.

Josefine gleicht einer Elster. Ihre Weisheiten stiehlt sie zusammen und baut sich ein Nest daraus. Hier eine aufgeschnappte Idee, dort ein glitzerndes Zitat – und zu allem Überfluß gibt sie auch noch vor, nicht zu wissen, woher sie die Weisheiten hat, mit denen sie sich schmückt. Aber diesmal ist sie zu weit gegangen.

Kaum komme ich zur Tür herein, ruft sie mir mit einem schiefen Lächeln entgegen:

– Schön, daß Sie da sind. Sie wissen ja, man kann sich seine Freunde nicht aussuchen!

Ich mache sie darauf aufmerksam, daß dieser Satz von mir stammt.

– So? Und wenn schon! Glauben Sie im Ernst, es gebe ein Copyright auf Ideen? Am Ende wären Sie gerne originell? Davor kann ich Sie nur warnen, mein Lieber.

Schon hat sie wieder das Thema gewechselt.

– Sie ziehen wohl die Routine vor? frage ich.

Auf den Mund gefallen ist Josefine wahrhaftig nicht. Immer hat sie eine ihrer gebildeten Tiraden auf Lager.

– Die Originalität, behauptet sie, hat kurze Beine. Eine Erfindung des achtzehnten Jahrhunderts, die verheerende Folgen hatte, vor allem für die Kunst. Sie haben wohl gar kein Mitgefühl für den armen Künstler, der seine Hauptaufgabe darin sieht, etwas auszuprobieren, was noch kein Mensch vor ihm gemacht hat? Er leidet an einer historischen Profilneurose. Daß es wahrscheinlich einen triftigen Grund gibt, warum er der erste ist, fällt ihm nicht ein. Alle seine Vorgänger haben es bleibenlassen, im Müll zu wühlen oder verschimmelte Semmeln in Weckgläsern auszustellen, weil sie für derartigen Schwachsinn nichts übrig hatten.

– Und was halten Sie von der heroischen Moderne? Von Matisse und Picasso? Oder von Kafka und Döblin?

– Ach was! Kafkas größter Ehrgeiz war es, in die Fußstapfen von Kleist, Hebel und diesem Österreicher zu treten, der den langweiligsten Roman aller Zeiten geschrieben hat. *Der Spätsommer*, oder so ähnlich. Seien

Sie froh, daß Sie ihn nie aufgeschlagen haben. Und was Picasso betrifft, der war ein genialer Plagiator. Keiner von denen ist dem Wahn erlegen, er finge mit Null an.

Ich habe mich geärgert, aber auf dem Heimweg dachte ich diesmal: Vielleicht hat sie recht.

10. Oktober

Gestern war ich so unvorsichtig, mich über den Streit im Institut zu beklagen. Sofort hat Josefine erraten, daß ich mit meinem Beruf unzufrieden bin.

– Die Wissenschaft ist etwas Schönes, sagte sie, aber ihr boshaftes Lächeln ist mir nicht entgangen. Aber hat sie nicht etwas Maulwurfartiges? Ich kann das zwar nicht beurteilen, aber ich nehme an, daß Sie den ganzen Tag lang Statistiken studieren müssen. Das stelle ich mir auf die Dauer recht mühselig vor.

Damit hat sie wieder einmal ins Schwarze getroffen. Sie konnte nicht ahnen, daß ich hin und wieder heimlich Gedichte schreibe, auch wenn ich es nicht wage, an eine Veröffentlichung zu denken. Dazu bin ich nicht gut genug. Ich hütete mich, meine Versuche zu erwähnen, doch war ich dumm genug zu sagen, daß ich nicht ohne Neid an Menschen denke, die sich ihr Leben lang mit den Künsten beschäftigen dürfen.

– Und dabei denke ich nicht nur an die Musik. Wenn ich mir ein Repertoire wie das Ihre vorstelle, Josefine – wie viele Gedichte müssen Sie auswendig können! Wer kann das heute noch von sich sagen! Die vielen Vertonungen, Beethoven, Schubert, Hugo Wolf oder Gustav Mahler …

– Oh, Sie kennen sich aus, mein Lieber! Ja, Sie haben recht, ich mußte das ganze Zeug auswendig lernen. Aber nur der Musik zuliebe! Denn wenn Sie genau hinhören, wird Ihnen auffallen, daß der Text meistens das Schwächste ist an diesen Kunstliedern. Viele Lyriker reden doch eher höheren Blödsinn daher.

Sie fing an, mit einem höhnischen Unterton zu trällern: »Da flossen von den Wangen / mir Tränen in den Klee, / ein Blümlein aufgegangen / ich nun im Garten seh …«

– Seien wir ehrlich, das ist doch Quatsch!

Ausgerechnet Brentano, ein Dichter, den ich liebe. Ich muß beleidigt geschwiegen haben, denn sie fing an zu lachen.

– Nichts für ungut, Joachim. Sie sehen doch, ich bin keine schöne Seele, eher schon eine Barbarin.

– Das sagen Sie nur, um mich zu provozieren. Wozu liegen bei Ihnen überall diese vielen Bücher herum, wenn die Literatur Sie kaltläßt?

– Alles nur Prosa. Und ich lese nur, weil ich nichts Besseres zu tun habe. Ein Durcheinander wie Kraut und Rüben. Das meiste habe ich natürlich prompt wieder vergessen. Kein Wunder bei meinem Alter! Sie sind jung, Sie sind ein eifriger Mensch, das sehe ich Ihnen an. Sie glauben, Sie hätten das Leben noch vor sich, und Sie bilden sich ein, man müsse sich alles Wichtige merken. Ich nicht. Ich lege Wert auf meine Vergeßlichkeit. Sie hält mich bei guter Gesundheit. Wenn mir alles wieder einfiele, was ich gelesen habe, wäre ich noch wirrer im Kopf, als ich's ohnehin schon bin. Ganz zu schweigen von den vielen Peinlichkeiten, die mir weiß Gott nicht erspart geblieben sind. Hier eine überflüssige Ehe und dort eine geplatzte Premiere, wie damals in Barcelona, im Liceo. Gut, daß ich mich kaum noch daran erinnern kann.

– Das alles haben Sie verdrängt? Wie schade. Der peinliche Moment ist immer der Moment der Wahrheit.

– Eines Tages werden Sie einsehen, daß es besser ist, auf solche Wahrheiten zu verzichten. Die Psychologen sind die einzigen, die etwas gegen die Verdrängung haben. Kein Wunder, daß sie unglücklich sind.

24. Oktober

Ich mußte letzte Woche ganz kurzfristig nach Berlin zu unserem Stiftungsrat. Wenn ich etwas verabscheue, dann sind es Sitzungen. Um nicht einzunicken, fange ich an, auf dem Block vor mir Männchen zu malen, sobald der Vorsitzende zu seiner *tour d'horizon* anhebt.

Ich hätte Josefine gerne Bescheid gesagt, daß ich nicht kommen kann, aber dann fiel mir ein, daß es in der Kastanienallee gar kein Telephon gab. Als ich sie einmal nach ihrer Nummer fragte, hat sie mir triumphierend verkündet, mit einer derart lästigen Einrichtung wolle sie nichts zu tun haben. Da könnte ja jeder kommen. Wenn jemand etwas von mir wünscht, sagte sie, dann kann er mir einen Brief schreiben.

Das war eine ihrer typischen Halsstarrigkeiten. Ich wollte mich nicht damit abfinden und habe mich, wie immer, wenn es um heikle Dinge geht, an Fryda gewendet.

– Das geht doch nicht. Wenn einmal ein Arzt gebraucht wird… Sie sollten etwas unternehmen, Fryda. Notfalls hinter Josefines Rücken. Ich könnte das arrangieren.

– Daraus kann nichts werden, Herr Joachim, sagte sie. Was glauben Sie, wie oft ich zur Telephonzelle rennen muß, wenn Pani Josefine etwas verlangt. Manchmal weiß ich gar nicht, wo ich spät am Nachmittag noch einen Lachs herbekommen soll, oder ein Perlhuhn, weil sie sich in den Kopf gesetzt hat, daß sie so was zum Abendessen haben will. Und dabei hatten wir ja früher ein Telephon, wie alle andern Leute.

– Und warum wurde es abgeschafft?

– Weil in den ersten drei Wochen kein Mensch angerufen hat. Da wurde Pani Josefine wütend. Weg damit, hat sie gerufen, und ich mußte das Telephon abmelden.

Letzte Woche also Berlin und keine Teestunde. Ich fürchtete, daß Josefine verärgert war über mein Ausbleiben, und überlegte mir, wie ich sie entwaffnen könnte. Dieser Dr Feilchenfeldt – wie kam er eigentlich dazu, ihr Vorschriften zu machen? Warum ließ sie sich seine Verbote gefallen? Sie brüstete sich ja geradezu mit ihrer unverwüstlichen Gesundheit, und ihre Schimpfrede auf die Diätmanie klang mir noch in den Ohren. Von Übergewicht konnte bei ihr wahrhaftig keine Rede sein. Also warum kein Zucker in den Tee und keine Nußbrezeln? Vielleicht litt sie heimlich an Altersdiabetes. Davon verstehe ich nichts, aber ich kenne einen Laden, der Spezialitäten für solche Fälle führt, und dort kaufte ich eine

Schachtel Pralinen für sie; denn sie hatten weder Nußbrezeln noch *petits fours* im Sortiment.

Eingedenk ihrer Warnungen vor Fryda, dem »Haustyrannen«, überreichte ich ihr mein Mitbringsel erst, als die Luft rein war. Ein Volltreffer! Mit glitzernden Augen öffnete Josefine die Schachtel. Mir hat sie übrigens keine einzige Praline angeboten.

– Ja, sagt sie, ich bin verwöhnt.

– Und ein wenig lasterhaft, wie ich sehe.

– Das ist kein Laster, das ist eine Vorliebe. Dafür kann ich nichts. Als Kind bekam ich immer alles, was ich haben wollte, und jetzt ist es zu spät, daran etwas zu ändern. Ich will gerne glauben, daß es Heilige gibt, aber ich gehöre nicht zu ihnen. Ich frage mich allerdings, ob das sympathische Leute sind. Könnten Sie sich vorstellen, mit so jemandem in einem Haus zu leben?

Ich hatte keine Lust, die Heiligen zu verteidigen, während sie eine Praline nach der anderen verzehrte. Aber nach einer langen Pause warf ich ihr einen Brokken hin, mehr um sie zu ärgern als aus Überzeugung. Ein heiligmäßiges Leben, das sei schließlich ein hartes Brot.

– Siehe Gandhi, siehe Sankt Theobald, der seine prächtigen Gewänder gegen die Lumpen eines Bettlers eintauschte, sich als Knecht bei den Bauern verdingte und nur ein Stück Schwarzbrot als Lohn annahm. Später soll er sich nur noch von Wurzeln ernährt und auf einer harten Bank im Sitzen geschlafen haben. Sehr verdienstvoll, finden Sie nicht?

– Sie wollen mir wohl den Appetit verderben, sagte

sie. Verdienst! Das hört sich doch verdächtig nach einer Gehaltsabrechnung an. Der Rest ist Einbildung. Glauben Sie, auch nur ein einziger Konzertmanager hätte nach mir gekräht, oder die Wiener Staatsoper hätte mich engagiert, nur weil ich begabt bin? Das war Fortune, lieber Freund. Ohne Fortune geht gar nichts. Und wer Fortune hat, sollte dreimal auf Holz klopfen, statt sich auf den Bauch zu patschen und zu glauben, der Erfolg stünde ihm zu.

Das hat mir nicht ganz eingeleuchtet.

– Immerhin heißt es, sagte ich, in der Musik zähle nur eines: das eisenharte Training. Irgendein hoffnungsvoller Bratschist soll sich einmal bei Gustav Mahler nach dem Weg in die Philharmonie erkundigt haben. Er sagte ihm: Üben, mein Bester, üben, üben!

Das mußte sie, wenn auch widerwillig, zugeben.

– Nur mit dem Verdienst, von dem Sie so zu schwärmen scheinen, hat das nichts zu tun. Verdienstvoll sind höchstens unsere Unterlassungen. Gott weiß, daß ich nie fleißig war. Die Faulheit ist ein kostbares Talent. Die meisten Leute sind viel zu schwach, um es auszubilden. Als ich jung war, habe ich unsere Katzen beneidet. Statt viermal die Woche eine Gesangstunde zu nehmen, hätte ich mich lieber auf dem Diwan zusammengerollt. Ich wollte eine Odaliske sein. Ein bißchen Orient könnte Ihnen übrigens auch nicht schaden. »Patriarchenluft zu kosten« – so heißt es doch, oder? Ich hoffe, Sie schlafen wenigstens gut und lange. Das ist der einzige Zustand, in dem ein Mensch unschuldig ist. Wenn es nach mir ginge, wäre der Gebrauch des Weckers verboten. Ein barbarisches Instrument! Solange es nach Belieben in Ihrem Schlafzimmer lärmen darf, kann es mit den Menschenrechten nicht weit her sein.

Sie kann ja nicht wissen, daß ich schon um acht Uhr morgens im Institut auftauche, lange bevor die anderen anfangen. Ich verrate ihr nicht, daß ich ein Frühaufsteher bin. Ich möchte nicht, daß sie mich bedauert. Und was geht es sie an, daß ich schlecht schlafe?

31. Oktober

Wie intelligent ist sie eigentlich? Schwer zu sagen. Besser, man ist auf der Hut vor ihr. Manchmal scheint einem das, was sie redet, und sie redet immerzu, abgedroschen, voller Klischees, voller Vorurteile, borniert, sie verrennt sich, man denkt: alles Unsinn. Warum plaudert sie über Gott und die Welt, statt über das, was sie kennt? Über die Musik zum Beispiel. Davon müßte sie doch etwas verstehen. Oder über ihre Vergangenheit. Das würde mich noch mehr interessieren. Aber nein, dazu ist sie zu stolz oder zu mißtrauisch. Ich wüßte gern, was sie alles getrieben hat, damals, in den dreißiger und vierziger Jahren. Die Karriere, die Liebschaften, die Triumphe und die Katastrophen. Wie hat sie es mit Hitler gehalten, und wie ist sie durch den Krieg gekommen? Truppenbetreuung, Wunschkonzerte? Aber sie schweigt. Keine Vertraulichkeiten! Vielleicht sollte ich mich an Fryda halten, die wüßte sicherlich viel über Josefine zu erzählen. Aber vermutlich hat sie keine Lust, auszupakken. Wer weiß, was da dahintersteckt!

Übrigens fragt auch sie mich nicht aus. Offenbar ist es ihr egal, was ich treibe. Das ist auch gut so, denn von mir gibt es nicht viel zu berichten. Meine Wissenschaft gleicht einem trockenen Schwamm, meine Ansichten sind wahrscheinlich recht gewöhnlich, und mein Privatleben ist, jedenfalls derzeit, unergiebig. Also bleibt es dabei, daß wir über die Originalität streiten, über die Lyrik oder über den Staat. Kein weiteres Wort übrigens über die deutsche Einheit oder über die bevorstehenden Wahlen. Stattdessen diese Chuzpe, mit der sie Hegel zitiert oder sich über Stifter lustigmacht! Warum interessiert sie das, was versteht sie davon, wieso spielt sie sich so auf?

Aber dann kommt plötzlich doch etwas dabei heraus.

– Es ist ja sehr nett von Ihnen, daß Sie mich besuchen. Aber was haben Sie eigentlich davon?

Mit dieser Frage hat sie mich überrumpelt, und ich war um eine Antwort verlegen; denn ich weiß ja selber nicht, warum ich mich pünktlich jeden Dienstag zu ihr auf den Weg mache, statt die neuesten Daten aus Washington zu analysieren. Es fiel mir nichts Besseres ein, als zu behaupten, daß unsere Unterhaltungen auf Gegenseitigkeit beruhen. Jeder sage einfach, was ihm durch den Kopf gehe. Eine derartige Rücksichtslosigkeit sei mir selten vorgekommen. Ich muß schon sagen, sie war wieder einmal in Hochform.

– Gegenseitigkeit, auch so ein frommer Wunsch!

Schon an diesem Postulat scheitert, wie sie meint, die Erziehung des Menschengeschlechts. Sie übertreibt wie immer. Ich führe das Recht an, den Markt, die Ehe, alle möglichen Geschäfte auf Gegenseitigkeit, sogar den Austausch von Beleidigungen und die Rache. Das sind immerhin keine Kleinigkeiten.

Doch sie hält mir das Beispiel des kleinen Jungen entgegen, der auf dem Spielplatz unbedingt den Traktor seines Mitspielers haben will, aber nicht einsieht, warum er sein eigenes Blechauto hergeben sollte.

– Jeder will sozusagen den Kuchen essen, aber auch behalten. Wie du mir, so ich dir, das mag für andere gelten, aber nicht für mich! So verhalten sich seit eh und je alle Völker und alle Nationen, behauptet sie. Der Kindergarten sei das ideale Modell jeder Außenpolitik. Es ist mein gutes Recht, daß ich Atomwaffen habe; daß du dir welche anschaffen willst, ist eine unerträgliche Zumutung, gegen die ich mich mit allen Mitteln zur Wehr setzen werde. Oder nehmen Sie die Muslime. Sie bestehen darauf, daß sie in unseren Breiten beliebig viele Moscheen bauen dürfen, aber eine christliche Kirche in Riad oder in Izmir, das kommt auf keinen Fall in Frage. Sie wünschen, daß wir ihre Regeln respektieren, aber nicht umgekehrt. Und so weiter. Jeder möchte Jupiter sein, aber keiner der Ochse.

Wenn sie das bloß höre, herrschaftsfreier Diskurs, setzt sie noch einen drauf, da kann ich nur lachen. Vergebens stelle ich ihr vor, daß eine Gesellschaft, der das Prinzip der Gegenseitigkeit unbekannt wäre, keine Woche lang überleben könnte.

Wenn ihr ein Einwand nicht gefällt, wechselt sie einfach das Thema. Das ist einer ihrer Tricks. Sie wirft mir vor, daß ich eine Vorliebe für unlösbare Probleme an den Tag lege. Natürlich verhält es sich genau umgekehrt. Doch als ich sie darauf hinweise, erklärt sie mit heiterer Stirn, wir beide seien dem Kindergarten entwachsen; daher komme es nicht darauf an, wer einen Streit angefangen habe; das führe nur zu blauen Flecken. Sie schlage vor, alle auftauchenden Probleme in zwei Klassen einzuteilen. Das einzig richtige Kriterium sei die Lösbarkeit. Sei diese nicht gegeben, so erübrige sich jede weitere Diskussion.

Ob sie sich auf die Kunst verstehe, lösbare von unlösbaren Problemen zu unterscheiden, will ich von ihr wissen.

– Selbstverständlich, sagt Josefine, ohne eine Miene zu verziehen.

Das ist eine jener Unverschämtheiten, die ihr so leicht von der Zunge gehen wie »Guten Morgen« oder »Auf Wiedersehen«.

– Sehen Sie sich doch an, was die Philosophen getrieben haben, seit es Philosophen gibt! Immer nagen sie an denselben Knochen. Und die Pfarrer, die Politiker und die Zeitungsschreiber machen es ihnen nach. Weltethos, Globalisierung, Gesundheit, Wohlfahrtsstaat, Vollbeschäftigung, Armut. Die Klasse der unlösbaren Probleme, behauptet sie, sei riesig.

Ob das ihr Ernst ist? Manchmal habe ich den Verdacht, daß sie mich nur provozieren will. Aber dagegen spricht die Überzeugung, mit der sie ihre Halbwahrheiten vorbringt. Ihr Selbstbewußtsein ist mir rätselhaft. Ich muß gestehen, daß ich sie darum beneide.

3. November
Ein schwarzer Tag für den Fußball. Eines der letzten Spiele in der ostdeutschen Liga, FC Sachsen Leipzig gegen FC Berlin: Randale in Leipzig. Es gab einen Toten. Die ganze Innenstadt wurde verwüstet.

Wenn Josefine das erführe – es wäre Wasser auf ihre Mühlen.

7. November
Verrücktes Wetter: ein Kälteeinbruch, viel zu früh der erste Schnee. Diesmal hätte ich die Teestunde in der Kastanienallee am liebsten vermieden und mir stattdessen zu Hause in Ruhe das Achtelfinale der Champions League angesehen. Aber nachdem ich sie vor kurzem schon einmal versetzt hatte, brachte ich es nicht übers Herz, Josefine zu enttäuschen.

Zum ersten Mal ist mir aufgefallen, wie schlecht das Haus geheizt ist. Zwar gibt es im Salon, unter den Fensterbrettern, drei gerippte Heizkörper, aber sie scheinen nicht zu funktionieren. Überhaupt liegt hier manches im argen. Die elektrischen Leitungen müßten dringend erneuert werden. Auch die Wände könnten einen neuen Anstrich vertragen. Damit ist die alte Fryda offenbar überfordert, und einen Hausmeister gibt es nicht. Ich habe mir überlegt, ob ich nicht Herrn Schönner vorbeischicken sollte, der sich im Institut um solche Dinge kümmert und bei dem ich einen Stein im Brett habe. Aber ich habe nicht den Eindruck, daß Fryda eine solche Einmischung gutheißen würde; und was Josefine angeht, so scheint es ihr nichts auszumachen, daß die Villa einen ziemlich vernachlässigten Eindruck macht. Ganz im Gegenteil. Neulich sagte sie mir:

– Es wird Ihnen nicht entgangen sein, mein Freund, daß es in diesem Zimmer aussieht, als wäre ich schon dabei, auszuziehen. Diese Leere, nicht wahr? Ich will Ihnen sagen, warum. Ich habe alle überflüssigen Dinge entfernen lassen. Sie sind verpackt und lagern in irgendeinem Magazin. Die Sèvres-Vase, die dort neben der Tür stand, die hat mir ein Liebhaber mitgebracht, angeblich hat sie vor zweihundert Jahren Talleyrand gehört, und als er sie brachte, sagte er: Die Vase zählt nicht, es sind die Blumen, auf die es ankommt. Es waren zwei Dutzend Rosen, *Crimson Glory*, glaube ich. Das sind meine Lieblingsblumen. O ja, von Rosen verstehe ich etwas. Komisch, woran man sich erinnert. Und an dieser Wand stand mein Sekretär, ein schöner alter Kasten; aber na ja, das wird Sie kaum interessieren. Ich weiß nicht, ob Sie das verstehen können, aber mir wurde das alles zuviel. Es gibt ja Sammler, die ihr Leben lang solche Sachen anhäufen. Sie hängen daran, am Schluß sitzen sie in ihren Schätzen herum wie die Wärter in einem Museum. Oder diese Frauen, die irgendwelche rosa Briefchen aufbewahren, die ihnen ein Liebhaber geschrieben hat, damals, als die Männer noch Briefe schrieben. Ich höre, daß sich heute keiner mehr soviel Mühe gibt. Ich habe sie immer gleich weggeworfen. So etwas wiederzulesen würde mich nur deprimieren.

Sie seufzte ein wenig und zog den Pelz, in dem sie mich diesmal empfangen hatte, enger um die Schultern – ein prächtiges altes Stück, vermutlich Zobel. So etwas sieht man nur noch selten. Auch trug sie weiße Stiefelchen aus weichem Leder mit Dutzenden von schwarzen Knöpfen. Überhaupt ist ihr Schuhwerk extravagant. Jedesmal ist es farblich genauestens auf ihre Kleider abgestimmt. Noch nie ist dasselbe Paar zum zweiten Mal aufgetaucht. Sie bevorzugt sehr hochhackige, elegante Modelle aus Chevreau, Juchten, Krokodil-, Lack- und Schlangenleder, die ganz nach Handarbeit aussehen. Wieviel hundert Paar Schuhe mag sie wohl haben?

Ich gebe ihr zu verstehen, wie sehr ich ihre Stiefelchen bewundere.

– Man kann nie genug davon haben. Sie können jeden Menschen danach beurteilen, wie seine Schuhe aussehen. Abgesehen davon, wohnt ihnen ein Zauber inne. Sie glauben gar nicht, wie verrückt manche Männer danach sind. Ich erinnere mich an einen Taxifahrer in Paris, der wollte, daß ich auf der Fahrt meinen Schuh ausziehe, damit er ihn in die Hand nehmen konnte. Sein Verlangen kam mir skurril vor, aber nicht unbillig. Also gab ich ihm den Schuh, er streichelte ihn und roch daran, ohne sich nach mir umzusehen. Die meisten Leute kümmern sich zuwenig um ihre Füße, vielleicht weil sie die Nase zu hoch tragen, um sie zu bemerken. Dabei ertragen diese fleißigen Zwillinge uns jahrzehntelang, ohne zu nörgeln, was man von unseren Angehörigen nicht behaupten kann.

Früher hat Fryda mir jeden Abend die Füße massiert. Sie war sehr talentiert, niemand anderer konnte das so gut wie sie. Ich habe im stillen ganze Partien eingeübt, während sie mich massierte. Man kann eine Rolle nämlich auch lautlos einstudieren, wußten Sie das? Und dann hat sie sich eines Tages plötzlich geweigert. Sie könne nun nicht mehr. Das war ihre einzige Begründung. Ich habe wochenlang kein Wort mehr mit ihr gewechselt, aber sie blieb dabei, und ich mußte mich damit abfinden. Was hat sie sich dabei nur gedacht? Aber so ist sie eben. Sie macht mit mir, was sie will. Manchmal denke ich, die Stimme war nie mein Problem. Womöglich könnte ich heute noch singen. Aber ohne Frydas Massage? Ich sage Ihnen: Fryda ist an allem schuld.

Ich wagte nicht zu fragen, was da vorgefallen sein mochte. Ich weiß aus eigener Erfahrung, daß man nicht alle Familiengeheimnisse ergründen kann.

Dafür habe ich eine merkwürdige Entdeckung gemacht, als ich das Haus verließ. Meinen Mantel mußte ich mir diesmal selber holen; Fryda war nicht zur Stelle, um mich zu verabschieden. Es hatte aufgehört zu schneien, und ich blieb im Vorgarten stehen, um den klaren Sternenhimmel zu betrachten.

Als ich gehen wollte, fiel mir ein erleuchtetes Fenster im Souterrain auf. Sollte es noch einen dritten Bewohner des Hauses geben, von dem ich nichts wußte? Ich trat näher, bückte mich und blickte durch das Fenstergitter in ein mit Möbeln vollgestopftes Zimmer: rosa Lampenschirm, schmales Bett, riesiger Kleiderschrank, grünbezogener Ohrensessel, im Hintergrund eine Art Kommode oder Vertiko. Es war Fryda, die hier hauste. Sie saß zusammengesunken in ihrem Ohrensessel vor dem Fernseher, einem Schwarz-Weiß-Gerät, das auf der Kommode stand. Und was darauf lief, war ein Fußballspiel. Ich erkannte sofort, worum es sich handelte. Es war das Match Armeeklub Sofia gegen Bayern München, das ich verpaßt hatte. Die Schrift auf dem Bildschirm war zu klein, als daß ich sie hätte entziffern können, aber dann erkannte ich Roland Wohlfarth, der die Arme hochriß. Offenbar war gerade das entscheidende Tor gefallen. Und nun kam der Clou: Ich sah, wie diese alte Frau mitten im Zimmer zwischen ihren Möbeln tanzte, und ich glaubte sogar zu hören, wie sie juchzte. Nur wer das Tor erzielt hatte, war mir entgangen. Hielt es Fryda mit den Bulgaren? Ich wußte nichts von ihr, außer daß sie aus Schlesien kam. Vielleicht war sie interessanter als Josefine? Ein ketzerischer Gedanke. Als der Abpfiff kam, wurde mir klar, daß der Freudentanz, den Fryda aufführte, nicht den Bulgaren galt, sondern den Bayern.

Auf dem Weg nach Hause entwarf ich einen Plan, wie ich sie zum Sprechen bringen konnte.

14. November

Fryda empfängt mich vermummt mit einer Pelzmütze und einem dicken Schal. Diesmal lasse ich mich nicht mit einem kargen »Guten Tag, Herr K.« abspeisen. Ich habe ihr die neueste Nummer des *Kicker* mitgebracht. Ich überreiche ihr das Blättchen und lege den Finger auf die Lippen. Sie stutzt, aber dann nimmt sie es entgegen, deutet einen Knicks an und schenkt mir ein schiefes Lächeln. Von nun an teilen wir ein Geheimnis.

Diesmal habe ich versucht, Josefine aus der Reserve zu locken, indem ich anfing von der Kunst zu schwärmen. Ganz ehrlich war das nicht; denn ich komme kaum dazu, ins Konzert oder ins Theater zu gehen, und die meisten Ausstellungen der letzten Jahre habe ich verpaßt. Stattdessen schlage ich mich abends mit den nichtlinearen Modellen von Lawrence Klein und mit der Equilibrium-Theorie von Lucas herum, mit der ich absolut nicht einverstanden bin.

Es überrascht mich nicht, daß sie von dem heutigen Kunstbetrieb wenig hält. Sofort ließ sie eine Tirade gegen die zeitgenössische Szene von Stapel. Sie hörte sich wie eine eingefleischte Reaktionärin an.

– Kunst, rief sie, hat mit Können zu tun, auch wenn das heute niemand mehr hören will. Auch Sie, Joachim, halten das für spießig. Leugnen Sie nicht! Ich sehe es Ihnen an. Übrigens können selbst die Spießer manchmal recht haben, ganz abgesehen davon, daß nur Spießer von Spießern reden. Sie kennen doch den unsterblichen Spruch von Karl Valentin: »Kunst ist schön, macht aber viel Arbeit.« Das war einmal.

Natürlich widersprach ich ihr, wenn auch ohne große Überzeugung. Es wundere mich, daß ausgerechnet sie so leichthin und pauschal über die Kunst herziehe. Soviel ich wisse, gebe es heute mehr virtuose Musiker denn je. Ob sie denn nie in die Oper gehe? Auch war mir aufgefallen, daß in ihrem Salon nirgends eine Plattensammlung oder ein Lautsprecher zu sehen ist. Aber diese Beobachtung behielt ich, um sie nicht zu reizen, für mich.

– Wie kommen Sie auf die Idee, ich hätte etwas gegen die Kunst? Es sind eher die Künstler, die mir auf die Nerven gehen mit ihren Berufskrankheiten. Glauben Sie mir, Joachim, ich weiß, wovon ich rede. Die lieben Kolleginnen! Immer dieser Größenwahn, diese nimmersatte Ruhmsucht, dieser öde Narzißmus …

Ich habe mir erlaubt einzuwenden, daß es riskant sei, mit Steinen zu werfen, wenn man im Glashaus sitzt.

– Im Gegenteil, schnappte sie zurück. Gerade der Bewohner des Glashauses solle sich keinen Zwang antun. Das sei eine Frage der Hygiene. Ein wenig frische Luft könne da nicht schaden.

Ich fröstelte, vermied es aber, ihr zu sagen, daß es fatal wäre, bei diesem Wetter die Fenster zu öffnen.

– Und überhaupt, fuhr sie fort, wer geht schon in die Oper? Warum gibt es hierzulande hundertfünfzig Theater und ein paar Dutzend Symphonieorchester? Wer soll das bezahlen?

– Der Staat natürlich. Der Steuerzahler. Eine Opernkarte, das wissen Sie so gut wie ich, würde ohne Subventionen das Zehnfache kosten. Wollen Sie im Ernst behaupten, die Kunst sollte nur für die Reichen da sein?

Schon wurde sie wieder wütend.

– Was soll das heißen? Kultur für alle? Ich weiß, Sie meinen es gut, aber das ist auch wieder so eine verschrobene Vorstellung aus dem neunzehnten Jahrhundert. Unter tausend Leuten gibt es vielleicht zwei oder drei, die sich freiwillig ein Konzert anhören. Das war immer schon so, und meinetwegen kann es auch so bleiben. Die Kultur ist eine minoritäre Veranstaltung. Die sogenannten normalen Menschen wollen lieber Krach und Wonne. Ein bißchen Fernsehen, ab und zu einen Horrorfilm, eine ohrenbetäubende Diskothek, und am liebsten natürlich ein Fußballspiel. Haben Sie etwas dagegen?

Ohne es zu wissen, hatte sie bei mir ins Schwarze getroffen.

– Essen Sie auch gerne Gänseleberpastete? fing sie von neuem an. Eigentlich ist es ja nicht sehr nett, diese armen Tiere zu stopfen. Seinen Mitmenschen sollte man so etwas ersparen. Wenn sie keine Lust auf Kunst und Kultur haben, ist es das Beste, sie mit solchen Zumutungen zu verschonen. Stellen Sie sich vor, wir alle wären dazu verurteilt, die endlosen Romane von Proust von vorn bis hinten zu lesen! Das ist doch eine unerträgliche Vorstellung.

Sonderbar! Die paar Künstler aus meinem Bekanntenkreis, ein Maler, ein verkannter Romancier, meine Schwester Mildred, die in ihren Mußestunden töpfert – keiner von ihnen hätte sich derart reserviert, um nicht zu sagen abfällig über den Kulturbetrieb geäußert. Ganz im Gegenteil! Sie neigen eher dazu, sich über das Banausentum der Welt und über die mangelnde Anerkennung ihrer Arbeit zu beklagen.

Was ist los mit Josefine? Warum erzählt sie so wenig von ihren Triumphen? Ich habe versucht, ihre Kaltblütigkeit auf die Probe zu stellen. Welche Sängerin, dachte ich, kann einer Schmeichelei widerstehen?

– Und was ist mit Ihren Liederabenden? fragte ich sie. Soviel ich weiß, hatten Sie immer volle Säle.

– Woher wollen Sie das wissen? Meinen Sie meine Tourneen in den sechziger Jahren?

– Hugo, Brahms, Mahler, sagte ich aufs Geratewohl, obwohl ich nicht sicher war.

Das entlockte ihr immerhin ein paar Töne. »Ich bin der Welt abhanden gekommen«, sang sie halblaut – dann brach sie ab und fügte trocken hinzu:

– Das kann man wohl sagen. Aber damals waren Sie wahrscheinlich noch gar nicht geboren. Für mich ist das alles ein abgeschlossenes Kapitel. Natürlich weiß ich noch, wie sich meine Anhänger damals am Bühneneingang oder im Hotelfoyer drängelten. Die Buketts mit Visitenkarten auf dem Zimmer, die Autogrammsammler... Dieses ganze Theater... Aber das wollen wir uns ersparen. Es gibt schon genug Kollegen, die einem mit ihren Künstleranekdoten in den Ohren liegen oder ihre überflüssigen Memoiren schreiben. Wer ihnen alles zu Füßen lag, wie sie sich kaum retten konnten vor ihren Verehrern. Ich kann das nicht hören. Warum sollten wir uns mit diesen Hintertreppengeschichten langweilen? Sie müssen mir versprechen, mein Lieber, daß Sie das alles auf sich beruhen lassen. Bitte suchen Sie nicht in diesen häßlichen Plattenläden nach meinen Aufnahmen.

Das würde mich stören. Ich mag auch diese Maschinen nicht, auf denen die Stimmen der Toten zu hören sind. Ich brauche das nicht. Ich brauche überhaupt keine Musik. Ich bin die Musik ... Gewesen, fügte sie hinzu.

Was blieb mir anderes übrig, als auf diesen Pakt einzugehen?

– Wenn Sie darauf bestehen, Josefine...

– Ja! Lassen wir diese alten Geschichten, mein Lieber, und bleiben Sie mir weiter gewogen!

21. November

Es ist wieder wärmer geworden. Trotzdem war Josefine schlecht gelaunt. Zum ersten Mal schien sie mir gealtert, ohne ihr gewohntes Brio. Sie ließ die Pralinen liegen, die ich mitgebracht hatte, und, was mir noch mehr zu denken gab, sie steckte sich keine einzige Zigarette an. Ich fürchte, eine Novembergrippe hat sie erwischt. Keine dreisten Behauptungen, keine Suada, nur eine halbe Stunde *small talk*. Ich verabschiedete mich bald.

– Ich muß mit Ihnen sprechen, Fryda, sagte ich draußen im getäfelten Foyer, als ich ihr die Fußballzeitung gab. Sie zögerte. Einen Moment lang sah sie mich mit zusammengekniffenen Augen schräg von unten an. Dann hatte ich die Prüfung offenbar bestanden, denn sie wies mit ihrer kleinen, knochigen Greisenhand auf die Kellertür und machte eine Geste, die ich als Einladung deutete.

Frydas Behausung war eng und mit einer Ansammlung von alten Kommoden, Schränkchen und Etageren vollgestellt. Der Staub hatte hier keine Chance. Es roch nach Kräutern und nach Scheuerpulver. Fryda bestand darauf, daß ich in ihrem Ohrensessel Platz nahm, sie setzte sich auf einen Küchenstuhl und schwieg. Ich sah mich um und bemerkte, daß die einzige freie Wand mit Fotos, Plakaten in allen möglichen Sprachen und mit kleinen Porträtzeichnungen übersät war, auf denen Josefine zu sehen war. Ich widerstand dem Impuls, aufzustehen und diese Souvenirs genauer zu betrachten. Fryda hielt immer noch den *Kicker* in der Hand, und plötzlich fragte sie mich, woher ich eigentlich wüßte, daß sie sich »für so was« interessiere.

– Haben Sie mich ausspioniert?

– Warum so mißtrauisch, sagte ich. »So was« merkt man doch! Ich sitze ja selber abends vor dem Fernseher, wenn ein wichtiges Spiel läuft.

Mit dieser Antwort schien sie sich, wenigstens für den Moment, zufriedenzugeben.

Ganz im Gegensatz zu der frostigen Atmosphäre in Josefines Salon war das kleine Zimmer eher überheizt. Dafür sorgten zwei elektrische Öfchen, die einen rötlichen Schein auf die Gastgeberin warfen.

– Sehen Sie, Fryda, sagte ich, das ist es, was mir Sorgen macht. Das ganze Haus ist schlecht geheizt. Kein Wunder, daß Josefine da oben ihren Tee im Pelz trinkt. Ich habe den Eindruck, daß sie sich erkältet hat.

– Natürlich. Das ist es ja! Wie oft habe ich Pani Josefine gesagt, daß es so nicht weitergehen kann. Aber sie hört nicht auf mich. Nicht einmal die Heizöfen duldet sie. Weg damit, hat sie geschrieen, als ich sie mitbrachte. Weiß der Kuckuck, woher du diese Dinger hast. Wahrscheinlich hast du sie auf dem Schrottplatz gefunden.

– Ich könnte Ihnen einen Mann vorbeischicken, der sich auf Heizungen versteht, einen Herrn Schönner, der sehr zuverlässig ist. Ich kenne ihn gut. Er arbeitet nämlich bei uns im Institut.

– Aber was wird das kosten?

Erst jetzt dämmerte mir, wo das Problem lag. Es war eine Geldfrage. Das erklärte alles.

– Bitte, sagte ich leise, lassen Sie das meine Sorge sein.

Ich traute meinen Augen kaum, aber Fryda lächelte. Sie nahm ihre Schürze ab und bot mir sogleich ein Glas an.

– Żubrówka aus Polen, sagte ich. Das ist was Gutes.

– Aber Pani Josefine darf nichts davon wissen. Jedesmal, wenn sie zu mir herunterkommt, muß ich alle Flaschen wegstecken. Sie glaubt, daß ich mich heimlich besaufe.

– Vielleicht kommt sie nur, um sich aufzuwärmen.

– Woher denn! Fernsehen will sie. Es kommt selten vor, daß sie ein Spiel verpaßt.

– Sie schaut sich Fußballspiele an? fragte ich ungläubig.

– Ja, heimlich. Sie würde es nie zugeben, aber jedes Wochenende sitzt sie hier, in diesem Sessel.

– Das verstehe ich nicht. Mir hat sie gesagt, daß sie den Sport verabscheut, und ganz besonders den Fußball. Fast hätten wir uns gestritten.

– Pani Josefine möchte gar nicht, daß man sie versteht. Ich kenne sie schon seit vierundfünfzig Jahren, aber was sie sich denkt, weiß ich immer noch nicht.

– So lange schon! Vierundfünfzig Jahre, das ist ja eine kleine Ewigkeit. War das von Anfang an so wie heute?

– Als Garderobiere habe ich bei ihr angefangen, 1936 in Berlin. Das waren Zeiten!

– Mir erzählt sie nie etwas, und ich traue mich nicht, sie zu fragen. Wir reden über Gott und die Welt, aber kein Wort über ihr Leben.

– Seien Sie froh. Wenn sie sich langweilt, erzählt sie immer dieselben alten Geschichten.

– Ein Glück, daß Sie bei ihr sind, Fryda.

– Was bleibt mir anderes übrig?

– Der Flügel im Salon – warum spielt sie nie? Sie ist doch eine Künstlerin.

– Oh, sie singt im Bad. Manchmal ganz laut. Sie würden sich wundern! Natürlich nicht wie früher. Sie ist ja eigentlich Mezzosopran. Aber am stärksten war sie in den tieferen Lagen. Und das, verstehen Sie, war ihr Problem. Denn als Mezzo können Sie entweder nach oben gehen in Richtung Sopran, oder nach unten, und unten, das bedeutet in diesem Fall wirklich unten, denn die großen Partien sind nun einmal nicht für Alt geschrieben. Keine Madame Butterfly, keine Lady Macbeth, keine Dido, immer nur die blöde Kammerfrau oder die Hosenrolle! Das gefiel Pani Josefine ganz und gar nicht. Es paßt ja überhaupt nicht zu ihr. Natürlich, wenn sie ihr die Carmen angeboten hätten oder die Titelrolle in *Or-*

pheus und Eurydike! Das wäre ein Triumph gewesen. Aber nein! Dazu waren die Herren Intendanten ja zu kleinkariert. Am Ende zog sie es vor, auf Tournee zu gehen. Immer waren wir unterwegs, sogar in Übersee, mit dem Dampfer, und ich mußte mich um ihre Kostüme und um die riesigen Koffer kümmern. So haben wir uns nach dem Krieg durchgeschlagen mit Liederabenden und Kantaten. Viele Jahre lang ist das recht gut gegangen. Doch dann hat ihr dieser unverschämte Intendant an der Wiener Staatsoper, Hilbert hieß er, eines Tages zugemutet, im Chor mitzuwirken – das war im November 1965, ich weiß es noch wie heute –, aber da hätten Sie Madame Josefine sehen sollen, wie eine Tigerin ist sie über ihn hergefallen. Sie wissen offenbar nicht, mit wem Sie es zu tun haben, hat sie geschrien. Noch letzte Woche habe ich mit Ihrem Bundeskanzler getanzt! Sogar der Goebbels hat mich mehr als einmal zum Abendessen eingeladen. Das ist ihr so herausgerutscht. Und tatsächlich wollte dieser Klumpfuß etwas von ihr, aber sie hat ihn abfahren lassen. Ein Skandal war das! Sie hatte einen Nervenzusammenbruch, nicht wegen Goebbels, sondern wegen diesem Wiener Nashorn. Drei Monate waren wir in der Schweiz, in diesem Zürcher Sanatorium, Bürgholz oder so ähnlich hieß es und hat ein Vermögen gekostet. Und als sie entlassen wurde, war Schluß mit den Tourneen. Sie ist nie wieder auf die Bühne gegangen.

28. November

Sie lügt also. Aber warum?

Vielleicht liebt sie das Versteckspiel. Bin am Ende ich in diesem bizarren Trio der einzige Erwachsene? Leicht ist es wahrlich nicht, in der Kastanienallee vernünftig zu bleiben. Schon bin ich angesteckt von ihrem Theater. Ich spiele mit, versuche ihr auf die Schliche zu kommen, frage Fryda aus, von der ich den Eindruck habe, daß sie lieber vieles verschweigt, als mir, so wie Josefine, ins Gesicht zu lügen.

Warum kümmere ich mich überhaupt um ihre Angelegenheiten? Fryda hat ja recht, wenn sie glaubt, daß ich hinter Josefine herspioniere. Ist das bloße Neugier? Ich verhalte mich schon fast, als wäre ich ein Privatdetektiv ohne Auftrag. Spätabends setze ich mich hin und führe Protokoll über das, was ich herausgefunden habe. Vielleicht liegt es daran, daß in meinem Leben sonst nicht viel passiert. Ich gehöre einer komfortablen Generation an. Ein paar belanglose Affären, und die Rolltreppe, auf der sich meine Karriere nach oben bewegt, das ist auch schon alles, abgesehen natürlich von der Geschichte mit Nadja, die aber aus und vorbei ist. Ich hänge an meiner Arbeit, aber möglicherweise nur, weil sie mir eine Art Immunität beschert. Ich liebe meine mathematischen Modelle, doch manchmal kommt es mir so vor, als befände ich mich in einer Art Schneekugel, in der es sauber und ordentlich zugeht, solange, bis jemand sie schüttelt. Dann gerät mein kleines, fein austariertes Universum durcheinander. Wie die Konjunktur, so richtet sich auch unsere Gemütsverfassung nicht nach den Theorien, die wir ausbrüten.

Daher diese Lauschangriffe auf die Erfahrungen anderer. Schon immer habe ich gern ältere Leute ausgefragt. Die meisten erzählen gern von dem, was die Weltgeschichte ihnen zugemutet hat. So absurd es klingt, oft war ich nahe daran, diese Generation zu beneiden. Vieles, jedenfalls das Wichtigste, was sie erlebt und getan hat, ist und bleibt mir unverständlich. Um so lieber höre ich ihnen zu. Was aber Josefine und ihre Dienerin angeht, so reizt es mich noch ganz besonders, daß sie so widerspenstig sind. Wer weiß, was sie zu verbergen haben.

Sogar die Sache mit der Heizung war nicht einfach. Ich konnte sie nur mit einem Trick in Ordnung bringen. Ich habe Schönner Bescheid gesagt. Er mußte sich als Kontrolleur der Stadtwerke ausgeben, damit Josefine nicht merkt, daß ich es war, der ihn angestiftet hat. Ich habe ihm eingeschärft, daß er sich auf irgendwelche Vorschriften berufen soll – Emissionsschutz, Energiesparprogramme, Wärmedämmung. Unter diesem Vorwand hat er drei Tage lang am Kessel und an der Steuerung herumgewerkelt, das ganze System notdürftig in Ordnung gebracht und einige Leitungen geflickt, die in einem lebensgefährlichen Zustand waren. Josefine hatte die Stirn, sich bei mir über die Störung, den Lärm und den Dreck zu beklagen, den er angeblich hinterlassen hat. Schönner war fabelhaft. Er hat ihr weisgemacht, daß die Kosten für seine Bemühungen von den Stadtwerken getragen werden, und sie hat es geglaubt. Ihre Weltfremdheit ist unglaublich.

Als ich gestern ankam, war der Salon keine Eishöhle mehr, und Josefine hatte ihren Pelz wieder in den Schrank gehängt. Auch der große Kaschmirschal war verschwunden. Keine Rede mehr von der Grippe. Sie hatte wieder angefangen zu rauchen. Doch der Raum war keineswegs wohlig temperiert. Offenbar hat sie die Heizung auf Sparflamme heruntergestellt.

– Ich weiß es zu schätzen, fing sie an, daß Sie sich Zeit nehmen für mich. Aber wissen Sie, was mir auf die Nerven geht? Ihre Diskretion, mein Lieber. Ihre Heimlichtuerei.

Darauf war ich nicht gefaßt. Ich glaube, ich bin sogar rot geworden.

– Seit wann interessieren Sie sich für das, was ich mache? Sie haben nie danach gefragt!

– Unsinn. Muß man Ihnen alles aus der Nase ziehen? Schluß mit der Geheimniskrämerei. Ich will alles wissen. Wie wäre es mit einer kleinen Beichte? Bei mir wären Sie gut aufgehoben. Wem sollte ich schon verraten, was Sie mir anvertrauen?

– Ich fürchte, daß ich Ihnen da wenig zu bieten habe, sagte ich. Was wollen Sie wissen?

– Die Eltern?

– Die sind früh gestorben. Nichts Besonderes. Ich bin immer gut mit ihnen ausgekommen. Ein kleines Häuschen weit draußen, angefüllt mit Sammeltassen und Porzellanfiguren.

– Lassen Sie mich raten. Wahrscheinlich sind Sie ein Einzelkind.

– Sie irren sich. Ich habe eine große Schwester. Mildred heißt sie, Curriculumforscherin von Beruf, sofern man da von einem Beruf sprechen kann. Leider lebt sie ganz in der Nähe.

– Der Vorname genügt, und schon kann ich mir vorstellen, wie sie aussieht. Ist das nicht sonderbar? Sicherlich hat sie ihren kleinen Bruder tyrannisiert.

– Woher wissen Sie das? Stimmt. Jedesmal, wenn sie wieder Streit mit ihrem Mann hat, einem gewissen Wolfram, muß ich mich um ihre Tochter kümmern. Ein widerlicher Kerl! Angeblich ist er Steuerberater. Immer mit einem Geldköfferchen unterwegs, obwohl er jammert, daß es vorne und hinten nicht reicht. Einmal hatte er sogar die Frechheit, mich um eine Bürgschaft anzubetteln. Natürlich habe ich nein gesagt. Nur die kleine Miriam, meine Nichte – die ist ganz reizend.

– Sie haben keine eigenen Kinder?

– Sieht man mir das an?

Mir war äußerst unwohl bei dieser Unterhaltung. Aber sie ließ nicht locker.

– Sie dürfen mir ruhig alles sagen. Ihre Familiendramen. Ihre Liebesgeschichten. Wovor Sie Angst haben. Warum Sie so verklemmt sind. Das Übliche eben.

– Sie waren es doch, liebe Josefine, die sich über die Therapeuten und ihre Kunden lustiggemacht hat. Aber bitte, wenn Sie es wirklich wissen wollen, über eine unglückliche Kindheit kann ich mich nicht beklagen. Ich habe ganz andere Sorgen. Leider geht es dabei um Geld.

– So? Sie sah mich verständnislos an. – Zahlt Ihr Institut so schlecht?

– Die Anwälte meiner Frau sind hinter mir her, wegen der Scheidung. Sie müssen zugeben, daß das ein sehr langweiliges Thema ist.

Ein hinterlistiges Gambit, das ich mir ausgedacht hatte, um Josefine zu schonen. Es war mir klar, daß sie vielleicht nicht gerade am Hungertuch nagte, aber die größte Mühe hatte, den Schein zu wahren, und ich wollte sie nicht direkt mit dem Problem ihrer Deklassierung konfrontieren.

– Langweilig? Ganz im Gegenteil, gab sie mir zur Antwort. Erzählen Sie!

Ich hatte keine Lust, mich über Nadja zu beschweren. Nadja, der einzige Roman, den ich je erlebt habe! Ein Wahnsinn, eine Passion, und von all meinen Fehlern derjenige, den ich am wenigsten bereue. Ihre Gekränktheit, ihre Empörung, als ich sie verlassen habe, obwohl sie es war, die mich zwei Jahre lang mit ihren Launen, ihrer Eifersucht und ihren Seelenkrisen zur Verzweiflung brachte. Sie, die nie aufs Geld aus war, die mich ausgelacht hat, wenn ich mir Sorgen machte, als wir knapp bei Kasse waren – jetzt nimmt sie mich aus wie eine Weihnachtsgans, nur um sich an mir zu rächen!

Natürlich habe ich das alles nur angedeutet. Josefine war begeistert von dieser Geschichte und wollte mehr hören.

– Russin vermutlich, Ihre Nadja ... Ja, dann verstehe

ich alles! Eine *folie à deux*, nehme ich an. So etwas gibt es. Das vergißt man nie!

Ihre Augen nahmen einen dunkelblauen, träumerischen Ausdruck an. Aber ich hatte nicht die Absicht, ihr den Roman zu gönnen, nach dem sie lechzte. Stattdessen erklärte ich ihr, wie die Anwälte über mich hergefallen sind. Als Ökonom, sagte ich, fände ich es absurd, daß ich mit dem ziemlich anständigen Professorengehalt, das ich im Institut verdiene, nicht auskommen kann, weil mich diese Scheidungsgeschichte an den Rand des Ruins bringt.

– Ach, das tut mir leid, rief sie. Da sehen Sie, zu welchen Bocksprüngen sie neigt, Ihre Ökonomie! Was für eine sonderbare Wissenschaft! Ich habe mich immer darüber gewundert, daß es Leute gibt, die glauben, in der Wirtschaft gehe es vernünftig zu. *Rational choice*, so heißt es doch? Diese Theorie müssen Sie mir unbedingt erklären.

– Das ist gar nicht so einfach. Letzten Endes braucht es dazu eine Menge Mathematik.

– So, sagte sie und blies mir den Rauch ihrer Zigarette ins Gesicht. Ich dachte immer, diese Wirtschaftsweisen, Konjunkturforscher und »Analysten« läsen aus dem Kaffeesatz. Ganz abgesehen davon müßten sie sich, wenn sie schon auf ein griechisches Wort Wert legen, Analytiker nennen. Nicht daß ich etwas gegen die Wahrsagerei hätte. Auch die Astrologie ist ja eine ehrwürdige Wissenschaft.

Ich war es leid, mir ihre Sottisen anzuhören. Es war

ein Fehler, daß ich ihr von meiner Scheidung erzählt hatte.

– Liebe Josefine, sagte ich, meine Beichte, wie Sie das nennen, hatte nichts mit meiner Wissenschaft zu tun. Es ging schließlich nur um mein Geld und nicht um makroökonomische Fragen. Nebenbei gesagt, die meisten Mathematiker sind schwach im Kopfrechnen, und die meisten meiner Kollegen können nicht mit Geld umgehen. Einer, der sogar mit einem Nobelpreis bedacht worden ist, hat sich mit irgendwelchen Hedgefonds um Kopf und Kragen spekuliert.

– Es freut mich, das zu hören, gab sie zurück. Die Unterhaltung wurde langsam zu einer Art Tennisspiel. Ich schlug sofort zurück.

– Mir scheint, für Ihr Vergnügen gibt es ein Wort, das nur im Deutschen existiert: Schadenfreude.

– Sie dürfen das nicht persönlich nehmen, lieber Freund, aber ich habe mich immer an eine Regel gehalten, von der heute anscheinend niemand mehr etwas wissen will. Sie lautet: Die Männer sollen zahlen. Damit bin ich im großen und ganzen gut gefahren.

Ich starrte sie fassungslos an.

– Sie sollten wieder einmal die Bibel lesen, lieber Freund. »Sehet die Lilien auf dem Felde, sie arbeiten nicht, sie spinnen nicht« und so weiter.

– Da ist aber vom lieben Gott die Rede und nicht von Ihren Liebhabern, Josefine.

– Pedant! Und ich rede auch gar nicht von meinen Liebhabern, die haben leider nie viel getaugt, sondern von meinen Ehemännern. Das erste Mal habe ich sogar in der Kirche geheiratet. Die Hochzeit war superb, nur das, was danach kam… Nicht daß Sie denken, ich wollte mich beklagen! Mit meinen Ehemännern war ja ansonsten nicht viel Staat zu machen, aber bezahlt haben sie immer, und zwar ohne eine Miene zu verziehen. In dieser Beziehung waren sie Gentlemen, alle drei, soweit ich mich an sie erinnern kann. Wenn ich an die Villa im Grunewald denke, oder an unser Landhaus am Rheinsberger See! Wir hatten eine erstklassige Köchin damals, vier Pferde im Stall und diese reizende alte Kutsche.

– Und Fryda, nehme ich an.

– Ja, die auch. Sie hatte damals etwas mit unserem Kutscher. Ein ungehobelter Kerl, aber er sah aus wie ein junger Gott. Sie wollte es mir verheimlichen, aber ich wußte natürlich sofort Bescheid.

Ihr Gesicht nahm wieder diesen verträumten Ausdruck an, den ich schon kannte. Ich fragte mich, an welche goldenen Zeiten sie dachte – wahrscheinlich waren es die späten dreißiger Jahre, kurz vor dem Krieg. Aber ich schwieg und sah zu, wie sie die Asche ihrer Zigarette auf den Teppich fallen ließ.

– Ihrer Natascha, fing sie plötzlich an…

– Nadja, verbesserte ich sie.

– Ihrer Nadja also sollten Sie wirklich nicht böse sein, lieber Freund. Sie haben sie doch, Gott weiß warum, verlassen. Das geht bei einer empfindsamen Natur wie der Ihren nie ganz ohne Schuldgefühle ab. Dadurch, daß Sie zahlen, dürfen Sie sich von solchen ungesunden Regungen entlastet fühlen. Sie ärgern sich vielleicht, aber Sie bereuen nichts. Das ist doch sehr angenehm.

– Sie haben leicht reden, sagte ich nur, aber dann fielen mir ihre Vierzig-Watt-Funzeln wieder ein, und ich ließ es dabei bewenden. Doch sie konnte es nicht lassen, sie mußte noch eins draufsetzen:

– Ich liebe das Geld. Warum so viele gescheite Leute glauben, es sei die Wurzel allen Übels, ist mir immer ein Rätsel gewesen. Diese Narren möchten es am liebsten abschaffen. Sie werden mir sicher recht geben: der Haß aufs Geld ist eine große Dummheit.

Sie wühlte in dem perlenbesetzten Täschchen, das ich kannte, zog einen zerknitterten Zwanzig-Mark-Schein und ein paar Münzen hervor, die sie mir unter die Nase hielt.

– Ich habe zwar keine Ahnung, wer auf die fabelhafte Idee gekommen ist, diese Papierchen und diese runden Stücke aus wertlosem Blech unter die Leute zu bringen, aber er muß ein genialer Kopf gewesen sein. Wenn Sie genug davon in der Tasche haben, gibt Ihnen jeder alles, was Sie haben wollen, egal ob auf einem indischen Bazar oder hier um die Ecke im Zigarettenladen. Ein übernatürliches Wunder, wie bei der Hochzeit von Kanaan!

An diesem Punkt verlor ich die Geduld.

– Schön und gut, sagte ich brutal, aber was ist, wenn man kein Geld mehr hat?

– Sie haben mich durchschaut, Joachim, rief sie, wie mir schien völlig ungerührt, und lachte. Man sagt mir nach, ich sei eine Verschwenderin. Ich weiß nicht, ob das stimmt. Nur daß ich nie Lust hatte, das Geld zu behalten. Das ist doch nicht der Sinn der Sache! Das Geld ist wie das Wasser, es muß wandern, von einer Tasche in die andere, je schneller desto besser. Man muß es förmlich durch die Hände rinnen lassen. Ein sehr erfrischendes Gefühl! Das ist es, was die meisten Reichen nicht verstehen. Sie wollen ihr Geld hamstern, und nicht nur das, sie wollen es auch noch vermehren. Man sollte Mitleid mit ihnen haben, denn sie haben es schon schwer genug, ohne daß man ihnen Vorwürfe macht. Finden Sie nicht auch?

Ich saß vor meiner Tasse Tee, die kalt geworden war. Den Zwanzig-Mark-Schein hatte sie achtlos in den Aschenbecher fallen lassen. Bevor er Feuer fangen konnte, zog ich ihn mit spitzen Fingern heraus.

– Was sagt der Ökonom dazu, fragte sie schließlich. Habe ich nicht recht?

Ich wußte nicht, was ich ihr antworten sollte. Josefine mochte verrückt sein, aber sie kannte keine Existenzangst und keinen Neid.

Fryda begleitete mich hinaus. Ich war sicher, daß sie uns zugehört hatte. Sie sagte nichts, als sie mir meinen Mantel reichte; sie zuckte nur ein wenig mit den Achseln und hob resigniert die Hände gen Himmel. Ich fühlte mich warm von ihr verstanden.

5. Dezember

Bundestagswahlen am vergangenen Sonntag. Obwohl sie sich um nichts dergleichen schert, hat Josefine recht behalten. Ein Triumph für Kohl, den Unvermeidlichen. Die Folgen werden nicht ausbleiben.

– Warum regen Sie sich auf, mein Lieber? Das macht doch gar keinen Unterschied. Glauben Sie, die andern hätten es anders gemacht? Ich habe mir abgewöhnt, auf die Politiker zu schimpfen. Meistens weiß ich gar nicht, wie sie heißen. Bedauernswerte Geschöpfe! Widerlich, dieser öffentliche Aufschrei jedesmal, wenn sie sich ein paar Mark mehr genehmigen! Dabei sind sie miserabel bezahlt. Jede Piepsliese und jeder Immobilienhai verdient das Zehnfache. Und dafür stolpern sie von einer Wahl in die nächste, müssen sich komische Hüte aufsetzen, in Hinterzimmern Bier trinken und um Stimmen betteln. Stellen Sie sich vor, Sie wären gezwungen, andauernd Interviews zu geben und Reden zu halten, dürften aber um keinen Preis sagen, was Sie denken!

– Aber die Macht gefällt ihnen. Das sind Genüsse, die unsereiner nicht kennt.

– Macht! Das ist ja zum Lachen. Glauben Sie mir, ein Opernintendant hat mehr zu sagen als so ein Parteipolitiker. Wie diese Herren in ihren Limousinen vorfahren, wie sie sich treuherzig vor den Mikrophonen der Reporter aufbauen! Vielleicht glauben sie selber an ihre Bedeutung. Ich hoffe es fast, denn sonst wären sie verloren.

– Aber irgend jemand muß doch entscheiden.

– Das schon. Deshalb delegiert man ja den ganzen Wust an diese Leute, weil es einem zu dumm wäre, sich darum zu kümmern, und dann schimpft man freudig über das, was dabei herauskommt. Erinnern Sie sich an

Gulliver, diesen Riesen, wie er da lag, mit tausend Bindfäden gefesselt? So kommt es mir vor, wenn sie zappeln, die Herren in Bonn, die wir gewählt haben. Immer gibt es irgendeine Lobby, irgendeine Kommission in Brüssel, irgendeine Gewerkschaft oder eine Fraktion oder einen Dachverband, der sich querstellt. Was bleibt ihnen anderes übrig, als ein bißchen weiterzuwursteln?

– Sind Sie wirklich zur Wahl gegangen, Josefine? Ich kann es gar nicht glauben.

– Ich doch nicht. Auf mich hört ja sowieso niemand. Und das ist vielleicht ganz gut so. Denn ich bin, offen gestanden, gar nicht so begeistert von der Demokratie.

– Das habe ich geahnt. Verzeihen Sie, aber wenn ich an Ihre Glanzzeiten denke… Weimarer Republik, Drittes Reich, Krieg und Nachkrieg. Mir kommt es so vor, als hätten auch Sie sich durchgewurstelt. Und Sie sind nicht schlecht damit gefahren, oder? Natürlich kenne ich das alles nur vom Hörensagen.

Josefine ist gut im Nehmen, das muß ich ihr lassen. Sie hat nicht mit der Wimper gezuckt. In aller Ruhe schenkte sie sich eine neue Tasse ein, nahm zwei Löffel von dem verbotenen Zucker, den Fryda für mich hingestellt hatte, rührte um und schenkte mir ein spöttisches Lächeln.

– Höre ich da so etwas wie einen Vorwurf heraus? Wenn Sie mir eine Predigt halten wollen, tun Sie sich keinen Zwang an!

– Das würde ich mir nie erlauben. Aber…

– Ich weiß, Sie haben, wie die meisten Deutschen, ein

Problem mit dem Opportunismus. Ich finde, man sollte ihn verteidigen. Denn der Opportunist ist immerhin belehrbar, der Überzeugungstäter nicht.

– Sie denken an die Musiker, an Furtwängler, Karajan, die Bayreuther Clique.

– Ich denke an die Mehrheit. Glücklicherweise waren die meisten Deutschen Opportunisten. Solange es ihnen einigermaßen gutging, haben sie alles mitgemacht, auch bei den fürchterlichsten Sachen. Aber die Wurzel weiß nicht, was das Blatt denkt, und als sie auf einem Trümmerhaufen saßen, haben sie sich überraschend schnell bekehren lassen. Das ist besser als nichts. Und Sie sehen ja, ich nehme mich nicht aus.

– Ein paar kriminelle Fanatiker, die an allem schuld waren. Die andern konnten nichts dafür. Das wollen Sie doch sagen.

– Es gefällt mir, daß Sie so unerbittlich urteilen.

– Nicht über Sie. Das steht mir nicht zu. Woher sollte ich wissen, wer Sie damals waren. Ich weiß nicht einmal, wer Sie heute sind. Mit der Demokratie haben Sie sich immerhin abgefunden, auch wenn Sie es, wie immer und überall, nicht lassen können, sich über mich und alles, woran ich glaube, lustigzumachen.

– Oh, ich habe nichts gegen die Demokratie! Sie hat einen großen Vorteil: Sie ist langweilig. Das weiß ich zu schätzen.

Schon wieder hatte sie es dahin gebracht, daß ich mich über ihre frivolen Volten ärgerte. Es war aussichtslos, ihr mit Argumenten zu kommen. In einem solchen

Fall ist die Attacke die beste Verteidigung. Ich beschloß, die Sache auf die Spitze zu treiben, und ging zum Gegenangriff über.

– Wenn ich mir's recht überlege, Josefine: Ich habe das Gefühl, Sie gäben eine mit allen Wassern gewaschene Diktatorin ab.

– Was für ein häßlicher Ausdruck! Nein, wenn ich so herrschsüchtig wäre, wie Sie glauben, würde ich mich lieber an die alten Römer halten. Mein Vater hat mir oft von ihnen erzählt. Sie wählten, um das Gemeinwesen voranzubringen, einen Menschen, der ein Jahr lang, aber keinen Tag länger, schalten und walten durfte, ohne daß ihm der Senat in die Quere kam.

– Sie meinen das Konsulat?

– Ja, ich glaube schon, obwohl ich die Konsuln immer mit den Tribunen verwechselt habe.

– Und was würde eine Konsulin Josefine alles anders machen?

– Als erstes würde ich die Reklame verbieten, weil sie den öffentlichen Raum verpestet und uns die Zeit stiehlt. Daß uns mitten im Film ein Herr mit breiiger Stimme irgendeinen Klosettreiniger entgegenhält – muß das sein? Und dann natürlich den ekelhaften Krach, der heutzutage als Musik durchgeht, dieses Wummwummwumm im Kaufhaus, im Lift und auf den sogenannten Straßenfesten, die nach Bier, verdorbenem Fett und Erbrochenem stinken…

Sie war jetzt völlig entfesselt. Kurzerhand schaffte sie reihenweise Behörden ab, ließ häßliche Häuser abreißen, warf sämtliche Fernsehprogramme über den Haufen und brachte den Autoverkehr zum Erliegen. Ich ließ sie ausreden, sagte kein Wort und sah zu, wie sie sich in einen Rausch von Verboten hineinsteigerte.

Als ihr die Luft ausging, entstand eine Pause.

– Eines haben Sie leider vergessen, Josefine. Die Römer hätten es nie so weit kommen lassen. Denn sie wählten immer zwei Konsuln, so daß keiner es, wie Sie, zu weit treiben konnte.

– Um so besser. Dann teilen wir uns eben die Macht. Sie und ich, der Vernünftige und die Närrin, wir gäben ein unschlagbares Duo ab.

– Wir würden uns streiten, wie immer.

– Sicher. Und in einem Land, das wir beide regieren würden, möchte ich ohnehin nicht leben.

Wieder hatte sie mich matt gesetzt.

12. Dezember

Was macht sie eigentlich den ganzen Tag lang? Geht sie spazieren? Wer weiß, ob sie überhaupt das Haus verläßt! Ich begreife das nicht. Sie sitzt doch nicht im Rollstuhl! Manchmal kommt sie mir vor wie eine verwöhnte Gefangene. Neugierig ist sie auch. Ich glaube, sie liest. Denn auf ihren Tischchen liegen jedesmal andere Bücher, manche aufgeschlagen mit dem Rücken nach oben, als hätte eine ungeduldige Leserin sie hingeworfen. Ein einziges Durcheinander. Ich habe ein paar Titel erspäht: eine Scarlatti-Biographie, eine alte ledergebundene Ausgabe des *Quixote* auf Spanisch, einen zerlesenen Spionageroman von Eric Ambler, sogar ein dicker Band über die Zwangsarbeiter im Dritten Reich war dabei. Man wird nie ganz klug aus ihr.

Offenbar liest sie keine Zeitungen. Wahrscheinlich unterhält sie sich mit Fryda, die sich bei mir über ihre Monologe beschwert. Andererseits hat Fryda mir verraten, daß sie gerne Radio hört, wenn sie in der Küche zu tun hat. Dann fragt Josefine sie aus und will wissen, was passiert ist. Das seien die reinsten Verhöre.

– Sie hört mir nur mit halbem Ohr zu, aber wehe, wenn ich mir irgend etwas nicht merken kann, oder ich verwechsle die Slowaken mit den Slowenen. Dann schimpft sie mich aus.

Mit Fryda habe ich Fortschritte gemacht, obwohl sie mir nach wie vor nicht ganz über den Weg traut. Ich habe sie gefragt, ob die Heizung nun einwandfrei arbeitet.

– Pani Josefine stellt sie runter, und ich stelle sie wieder rauf. Dann heißt es, ich werfe das Geld zum Fenster hinaus.

– So kenne ich Madame gar nicht, sage ich. Mir hat sie gesagt, sie sei eine Verschwenderin.

– Selber schuld, wenn Sie ihr alles glauben! Wir wären alle beide erfroren, wenn es nach ihr ginge. Aber ich gebe nicht nach. Denn jedesmal, wenn sie sich erkältet, läßt sie ihre schlechte Laune an mir aus. Der Doktor hat mir recht gegeben. Zwanzig Grad, hat er gesagt, das sei das mindeste.

– Dr Feilchenfeldt?

– Ja. Und ich soll Ihnen ausrichten, daß Sie ihr keine Pralinen mehr mitbringen sollen. Natürlich hat sie die Schachteln und die Silberpapierchen versteckt, damit ich nichts merken soll, aber ich bin ihr auf die Schliche gekommen.

– Das war meine Schuld, sagte ich zerknirscht.

– Sie glauben gar nicht, wie ich aufpassen muß. Für Pani Josefine zu kochen ist ein wahrer Eiertanz. Kein Lamm, kein Zurek, keine Pilze, kein Sauerkraut, kein Bigos! Piroggen sind verboten. Immer nur dieses ausländische Zeug, Artischocken und Auberginen! Und natürlich kein Rahm, kein Käse, keine Butter. Die Milch ist das Allerschlimmste.

– Warum denn das?

– Weil sie sonst Quaddeln kriegt im Gesicht und an den Händen, oder Fieber, und wenn es ganz arg wird, fangen die Krämpfe an. Der Doktor sagt, sie hat eine Milchallergie. Aber wenn es nur die Milch wäre! Sie verträgt auch kein Mehl. Und dann ißt sie heimlich Pralinen!

Ich war fassungslos. Kein Diabetes also, wie ich vermutet hatte, sondern eines dieser heimtückischen, ungreifbaren Leiden, von denen niemand weiß, wo sie herkommen, und für die es nur eine Therapie zu geben scheint: alles Mögliche zu vermeiden und sich einer absurden Diät zu unterwerfen.

– Aber sie behauptet die ganze Zeit, ihr fehle nichts.

– Wie heißen diese Leute, die sich immerzu einbilden, daß sie krank sind?

– Sie meinen die Hypochonder.

– Ja. Nur bei Pani Josefine ist es genau umgekehrt. Eine Nußschnecke, und schon liegt sie im Bett und jammert. Aber kaum ist sie wieder auf den Beinen, behauptet sie steif und fest, sie sei kerngesund.

Zu Hause habe ich im Lexikon nachgeschaut, wie man Kranke nennt, die hartnäckig an der Überzeugung festhalten, daß sie gesund sind. Offenbar gibt es kein Wort für dieses Leiden. Vielleicht könnte man sagen: Josefine ist ein Epichonder!

Diesmal hat Fryda übrigens kein Wort über das vorletzte Spiel der Bundesliga verloren, obwohl die Bayern seit dem Sonntag wieder an der Spitze sind, wenn auch nur ganz knapp. Immerhin etwas, nach der sensationellen Niederlage im August, als der Rekordmeister, seit sechzehn Bundesligaspielen ungeschlagen, gegen eine Amateur-Mannschaft aus Weinheim an der Bergstraße angetreten ist und sich durch einen Foul-Elfmeter mit 0:1 blamiert hat.

20. Dezember

Ich höre Josefine zu, aber ich glaube ihr kein Wort mehr. Fast hätte ich ihr's ins Gesicht gesagt. Doch das war gar nicht nötig; denn schlau, wie sie ist, hat sie erraten, wie ich über sie denke.

– Sie haben also Fryda ausgefragt, hinter meinem Rücken. Und nun wissen Sie alles über mich.

Sie weidete sich an meiner Verlegenheit. Ich hätte damit rechnen müssen, daß ihr unser Tête-à-tête im Souterrain nicht verborgen bleiben würde. Aber sie schien eher amüsiert als aufgebracht.

– Natürlich haben Sie alles für bare Münze genommen, was sie Ihnen erzählt hat – gutgläubig, wie Sie sind. Ja, so ist das mit den Dienstboten. Sie plaudern gern.

– Und Sie, Josefine? Sie reden über Gott und die Welt, aber kein Wort über Ihre Karriere, Ihre Vergangenheit. Wenigstens nichts Genaues. Ich bin schon froh, wenn Sie hie und da eine Andeutung fallen lassen.

– Das wundert Sie? Wollen Sie wirklich die Memoiren einer Sängerin hören?

– Nichts wäre mir lieber.

– Sehr komisch! Die *Memoiren einer Sängerin*: So hieß eine Scharteke aus dem neunzehnten Jahrhundert, die ich als junges Mädchen heimlich im Bett gelesen habe. Heute würde ein solcher Schmöker wahrscheinlich eher bieder wirken. Aber damals, ahnungslos und gut behütet, wie ich war, fand ich ihn äußerst aufregend.

– Ein Liebesroman?

– Kaum. Es ging eher darum, was die Männer mit den Frauen machen, und umgekehrt. Das hat mir sehr gefallen. Ich konnte es kaum erwarten. Deshalb habe ich mich auch keineswegs gesträubt, als mein erster Mann um meine Hand anhielt. Alles, wie es damals üblich war. Ich glaube mich zu erinnern, daß er sogar vor mir auf die Knie gegangen ist, der Arme! Aber das, was ich mir von ihm versprochen hatte, brachte er leider nicht zustande, obwohl er sich redlich bemühte. Sie können sich denken, daß ich mich für diese Enttäuschung mit dem braven Edward sehr bald schadlos gehalten habe. Das war leicht, denn an eifrigen Kandidaten hat es nicht gefehlt.

Ich muß sagen, daß mir jenes bezaubernde, entblößte und nicht allzu dicke Detail, in dem sich die Männer von den Frauen unterscheiden, immer viel Vergnügen gemacht hat. Sogar die gewöhnlichen Wörter, die es beim Namen nennen, finde ich charmant. Man muß sich ja nicht unbedingt mit dem ganzen Mann befassen. Obwohl die Liebe mir immer etwas sonderbar vorkam, wenn ich mir selber dabei zusah. Nicht wahr, die Natur veranlaßt uns zu den merkwürdigsten akrobatischen Anstrengungen? Aber sie belohnt uns auch. Ich jedenfalls erinnere ich mich gern an meine Liebhaber.

Auf diese Geständnisse einer fünfundsiebzigjährigen Dame hatte ich es, ehrlich gesagt, gar nicht abgesehen. Nie hätte ich mir erlaubt, sie nach ihren diesbezüglichen Vorlieben zu fragen. Aber wenn ich es recht bedenke, war ihre Offenherzigkeit nicht überraschend. Josefine war eben, wie in allen anderen Dingen, so auch in dieser Hinsicht hemmungslos. Dennoch war ich nicht darauf gefaßt, wie kaltschnäuzig sie über die Liebe sprach. Ich konnte da kaum mithalten. In ihren kobaltblauen Augen las ich ein spöttisches Funkeln. Wieder einmal war ich der Waisenknabe. Ich brachte es einfach nicht fertig, ihr diese plötzlichen Bekenntnisse mit gleicher Münze heimzuzahlen. Soll sie mich meinetwegen für verklemmt halten! Im übrigen war ich mir gar nicht sicher, ob ich ihr glauben sollte. Wer weiß, ob sie sich ihre erotischen Reminiszenzen nicht einfach ausgedacht hat.

Fryda, die wieder einmal gelauscht hatte, verabschiedete mich mit einem Augenzwinkern, von dem mir nicht klar war, ob es auf Josefines oder auf meine Kosten ging.

26. Dezember

Weihnachten wurde in der Kastanienallee gänzlich ignoriert. Kein Tannenbaum, keine Kerzen und natürlich keine Lebkuchen. Unvorsichtigerweise habe ich ihr die Gretchenfrage gestellt.

– Natürlich bin ich katholisch, was denn sonst? In meiner Familie war das üblich. Mein Vater sagte immer, wenn man schon einem Club angehöre, so tue man gut daran, beim ältesten zu bleiben. Für Neuerungen wie das Luthertum hatte er nichts übrig. Natürlich habe ich ihm widersprochen. Ihm gefiel das. Er schätzte es, mit einer vorlauten Zehnjährigen zu streiten. Ich wandte ein, daß nach diesem Prinzip die Juden die besseren Karten hätten. Sie seien schließlich der älteste Club, wenigstens in unserer Weltgegend. Das mußte er zugeben. Er erklärte mir aber, daß es keinen Sinn habe, einem Verein beizutreten, der so exklusiv sei, daß er keine neuen Mitglieder aufnehmen wolle. Das hat mir eingeleuchtet. Meine Mutter, die ziemlich fromm, um nicht zu sagen, bigott war, mißbilligte solche Unterhaltungen.

Den Atheismus finde ich albern. Menschen, die ernsthaft glauben, es gebe keine höheren Mächte als sie selber, sind ja nicht ganz bei Trost. So hilflos, wie unsere

Spezies herumtaumelt, ist mir schleierhaft, wie man auf diese größenwahnsinnige Idee verfallen kann. Da ist mir jeder Aberglaube lieber. Das ist immerhin besser als gar nichts. Bevor Sie auf die Bühne gehen, muß jemand Ihnen über die Schulter spucken. Toi toi toi! Ein bißchen Magie kann nicht schaden! Oder, wenn Ihnen das schwerfällt, Joachim, dann sollten Sie sich wenigstens bekreuzigen oder auf Holz klopfen, jedesmal, bevor Sie sich in Ihre obskure Wissenschaft vertiefen.

Ich hatte nicht die Absicht, sie zu bekehren, und verabschiedete mich mit einem nachdrücklichen Adieu. Auf den bitteren Tee hin war mir nach einem Wodka zumute. Fryda hatte nichts dagegen und lud mich ein. Auch bei ihr keine Spur von Weihnachten. Kein Stollen, keine roten Kerzen. Nach dem dritten Gläschen wagte ich sie zu fragen, ob ich mir ihre Photos ansehen dürfte. Sie warf mir wieder einen ihrer mißtrauischen Blicke zu.

– Wozu denn? fragte sie. Ein junger Mann wie Sie, was geht Sie dieser alte Kram an? Aber wenn Sie unbedingt wollen, meinetwegen.

Alles, was Josefine aus ihrem Salon verbannt hatte, fand sich hier mit Stecknadeln an die Wand gepinnt: ein vergilbtes Konzertplakat im Art-déco-Stil, Programmzettel aus den dreißiger Jahren, Zeitungsausschnitte in allen möglichen Sprachen. Aber was mich am meisten interessierte, das waren die Photographien. Hier, dachte ich, komme ich der Wahrheit über Josefine näher. Alte Photos können nicht lügen. Es dauerte eine Weile, bis ich mich in diesem chaotischen Zeitpanorama zurechtfand; denn irgendeine chronologische Ordnung war nirgends zu erkennen. Fryda sah mir mit schiefgelegtem Kopf zu, ungerührt und, wie mir schien, mit einer gewissen Ironie.

Zwischen zwei schwungvoll signierten Atelierphotos von dämonisch dreinblickenden Tenören, deren Namen ich nicht entziffern konnte, entdeckte ich eine goldgeränderte Aufnahme, die einen backenbärtigen Herrn im Gehrock und ein kleines Mädchen zeigte, das er an der Hand hielt. Das Bild steckte in einem kartonierten Rahmen, auf dem zu lesen war: Atelier Elias Grünberg, Liegnitz a. d. Katzbach.

– Das ist doch Josefine, sagte ich. Neun oder zehn Jahre wird sie da gewesen sein. Und das ist sicher ihr Vater.

– Wer denn sonst? Ein sehr vornehmer Mann. Solche Herrschaften gibt es heute gar nicht mehr. Schade, daß es so ein schlimmes Ende mit ihm nehmen mußte.

– Haben Sie ihn gut gekannt?

– Nein. Ich habe ihn nur einmal gesehen, als er nach New York zu einer Hochzeit kam. Es war ihre zweite, die mit dem Amerikaner. Bei der ersten war ich noch nicht dabei. Ein aufgeblasener Wicht, wenn Sie mich fragen, ganze ein Meter sechzig groß war er, viel zu klein für Pani Josefine. Aber er schwamm in Geld. Für die Hochzeitsreise nach New York hat er fünf Kabinen auf der Normandie reservieren lassen. Zur Einschiffung sind wir mit dem Zug nach Le Havre gefahren. Und dort im

Hotel ist es dann passiert. Die Milanova war gerade aus Amerika angekommen. Das war ihre ärgste Rivalin. Wir hatten ihr in Mailand die Rolle des Oktavian im *Rosenkavalier* weggeschnappt. Keine drei Monate war das her, und sie können sich denken, wie giftig sie war. Aber sie stürzte sich auf Pani Josefine, als wäre sie ihre beste Freundin, und gratulierte ihr zur Hochzeit. Spät am Abend haben sie noch eine Flasche Dom Pérignon aufgemacht, und wissen Sie, was die Milanova ihr geraten hat? Du mußt dir unbedingt ein paar Schachteln Kleenex besorgen, hat sie gesagt, das ist das Wichtigste für die Hochzeitsnacht. Ach ja, wahrscheinlich gibt es so was bei euch in Europa noch gar nicht. Dieses abgetakelte Luder! Lächerlich! Als wäre Pani Josefine ein ahnungsloser Backfisch!

Aber was wollte ich sagen? All diese Ehemänner haben nicht viel getaugt, und den Millionär, Herbert Rowley hieß er, sind wir ja schon bald wieder losgeworden. Nur sind dann ihre Liebhaber vor der Tür gestanden, und die haben mir noch viel weniger gefallen. Wie die Wespen waren sie. Meistens hatten sie kein Geld und haben Pani Josefine nur ausgenutzt. Nein, der einzige wahre Gentleman in Pani Josefines Leben, das war ihr Vater. Sie hat mir oft von ihm erzählt. Er war ja sehr reich, weil er diese große Tuchfabrik hatte. Bis er damals in der Wirtschaftskrise alles verloren hat. Dann soll er schwermütig geworden sein. Man sagt, daß er sich in der Villa eingeschlossen hat und niemanden mehr sehen wollte.

– Und Josefines Mutter?

– Ach die! Fromm ist sie geworden, jeden Tag ist sie in die Kirche gerannt, hat sich nur noch um den lieben Gott gekümmert statt um ihr Kind. Mich wundert es nicht, daß Pani Josefine es bei ihr nicht mehr ausgehalten hat. Mit siebzehn hat sie ihre Sachen gepackt, hat den Zug genommen und ist nach Berlin gegangen, aufs Konservatorium. Nur den Schmuck ihrer Großmutter hat sie mitgenommen. Den hat sie verkauft, um die Miete zu bezahlen, und wie das Geld weg war, mußte sie als Kellnerin arbeiten. Sie können sich gar nicht vorstellen, was sie damals in Berlin alles getrieben hat! Davon will sie natürlich nichts mehr hören. Aber ich weiß Bescheid.

Ich hatte Glück. Der Wodka hatte Fryda gesprächig gemacht. Aber ich hütete mich, weiter in sie zu dringen. Ein Hochzeitsbild suchte ich vergebens. Dafür fand ich ein Photo, auf dem ein gutaussehender Luftwaffenoffizier mit dem Ritterkreuz zu sehen war. Ich sah Fryda fragend an.

– Das war, glaube ich, der einzige, den sie wirklich gemocht hat. So ein blonder Riese war das, blutjung, wie aus dem Bilderbuch. Heimito hieß er, Heimito von Sowieso. Was für ein lächerlicher Name! Den hat sie im Krieg aufgegabelt, warten Sie, wann war das? 1943? Jedenfalls gab es da noch Leute, die an den Endsieg glaubten. In unser Haus im Grunewald war eine Brandbombe gefallen. Der Dachstuhl war völlig ausgebrannt, im Bad gab es kein Wasser mehr, und deshalb hausten wir, wenn wir nicht unterwegs auf Tournee waren, die meiste Zeit auf dem Land. Aber da hielt es Pani Josefine nie lange aus. Sie gab Konzerte für die Truppen, am liebsten in Frankreich, doch ab und zu wurden wir leider auch in den Osten geschickt. Einmal hatten wir eine Veranstaltung in der Stadt, ich glaube, es war im Rundfunk, an der Masurenallee, und hinterher schleppte sie der Dirigent mit ins Adlon. Dort wurde abends getanzt, während in der halben Stadt noch die Trümmer rauchten. Es gab Sekt und Cognac für die Bonzen, aber manchmal waren auch Offiziere dabei, die Fronturlaub hatten. Dort traf sie diesen Grafen Sowieso. Ritterkreuzträger war er, Luftwaffe, immer tadellos mit seinem Pilotenschal. Sie hat mich fortgeschickt und alle Engagements abgesagt. Lange hat das nicht gedauert, denn nach drei Wochen mußte er wieder an die Front, und dann ist er irgendwann in Rußland abgeschossen worden.

Fryda verstummte, und ich hatte den Eindruck, daß sie mich am liebsten losgeworden wäre. Aber ich war entschlossen, meine Chance zu nutzen. Ganz unten in der Ecke entdeckte ich ein sepiagetöntes, etwas zerknicktes Familienphoto. Vor einem Haus mit einer kleinen Kuppel stand ein würdevoller Mann, der einen steifen Hut und einen langen schwarzen Mantel trug, neben ihm eine kleine Frau im Sonntagsstaat. Vor ihnen aufgereiht vier Kinder, zwei Knaben und zwei Mädchen. Die kleinste, kaum fünf Jahre alt, hatte das Gesicht verzogen und schien kurz davor, zu weinen.

– Wer mag das sein, fragte ich.

– Sie erkennen mich wohl nicht wieder?

– Ach, Sie sind das, Fryda.

Sie zuckte mit den Schultern. Ich sah genauer hin. Der Vater trug einen langen weißen Bart. Ein jüdischer Kaufmann, dachte ich, oder vielleicht ein Rabbiner, aber ich sagte nichts, wandte mich ab, dankte Fryda für den Wodka und verabschiedete mich.

ZWEITES HEFT

2. Januar 1991
Auch Neujahr wird ignoriert. Weder Josefine noch Fryda denkt daran, gute Vorsätze zu fassen. Wozu auch? Ich dagegen habe mir vorgenommen weiterzuforschen. Zum Beispiel möchte ich wissen, wie das zusammenpaßt, die Karriere in den Dreißigern, die Gesangsabende zur Hebung der Truppenmoral, die berühmte Liebesgeschichte mit dem Ritterkreuzträger, und das alles mit der unentbehrlichen Fryda im Schlepptau. Eine Jüdin als Garderobiere?

Ich hatte das Versteckspiel satt und fragte Josefine geradeheraus, wie sie das fertiggebracht hat.

– Sie sind hartnäckiger, als ich dachte, mein Lieber. Sie wollen den Dingen auf den Grund gehen. Eine sehr schlechte Gewohnheit, wenn Sie mich fragen. Wie Sie wissen, lege ich Wert auf meine Vergeßlichkeit.

– Das heißt, Sie wollen einfach Ihre Ruhe haben.

– Worauf wollen Sie hinaus? Was werfen Sie mir vor? Daß ich mich durchgeschlagen habe, so gut es ging? Oder daß ich aus reiner Menschenliebe Fryda mitgeschleppt habe? Das lag einfach daran, daß sie mich brauchte und ich sie.

– Aber wie haben Sie das angestellt? Schon nach 1938 war so etwas nicht ungefährlich, und später erst …

– Meine Güte, was sind Sie für ein Pedant! Alles wollen Sie genau wissen. Also gut. Es wird Ihrem wissenschaftlichen Eifer nicht entgangen sein, daß Frydas Familie, die Brinitzers, aus dem hintersten Oberschlesien stammt, irgendwo in der Nähe von Kattowitz muß das gewesen sein. Fragen Sie mich nicht, wie und warum, jedenfalls sind sie dann in Hirschberg gelandet. Vier oder fünf Kinder, glaube ich, jedenfalls viel zu viele für einen Rabbiner, der sie nicht ernähren konnte. Deshalb mußte Fryda als Dienstmädchen nach Berlin gehen.

– Und dann?

– Seitdem habe ich sie am Hals, und sie mich. Jetzt wollen Sie vermutlich eine erbauliche Geschichte von mir hören. Josefine hat Juden gerettet! Aber nicht mit mir, mein Freund. Begreifen Sie doch endlich, daß es mir völlig egal ist, ob jemand es mit Jehova hält oder mit dem Heiligen Antonius oder meinetwegen mit Allah. Eine Sängerin, die einigermaßen erfolgreich ist, braucht ein Mädchen für alles. Das ist wichtiger als ein Impresario oder ein Notenständer. Reisen, Garderobe, Termine, Proben, Gepäck – eine Frau wie ich kann sich schließlich nicht um alles kümmern!

– Ja, aber wie?

– Was, wie?

– Wie Sie dafür gesorgt haben, daß Fryda nicht nach Auschwitz deportiert wurde.

– Mein Gott, was sind Sie schwer von Begriff! In den ersten Jahren hatte ich noch meine Beziehungen. Ja, da gab es diesen Dirigenten, kein so großes Talent, Raab hieß er, den hat Goebbels zum Präsidenten gemacht; er sollte dafür sorgen, daß die Musiker immer schön Heil Hitler schrieen, wenn einer von den Nazis in der Nähe war. Natürlich war das ein Duckmäuser, wie er im Buche steht, aber es war ein Kinderspiel, ihn um den Finger zu wickeln. Später, im Krieg, hatte er nicht mehr viel zu sagen. Da habe ich Fryda eben umtaufen müssen.

– Umtaufen? Wie denn?

– Man muß sich nur zu helfen wissen. Da war dieser Schweizer Notenstecher, der einen Narren an mir gefressen hatte, netter Kerl, er brachte mir immer meine englische Seife aus Zürich mit. Der kannte einen Drucker in Schaffhausen. Das war teuer, aber was er lieferte, war einwandfrei, Geburtsurkunden, Taufscheine, Ausweise. Fryda sträubte sich natürlich, Sie wissen ja, wie widerspenstig sie sein kann. Fräulein Erna Bäumler hat sie dann fünf Jahre lang geheißen. Ihren neuen Namen mußte ich ihr regelrecht einbläuen, damit sie ihn nicht vergaß. Die Kollegen, die Bescheid wußten, haben alle dichtgehalten, mir zuliebe, nehme ich an. Ich hätte jeden erwürgt, der uns in die Quere gekommen wäre. Sind Sie jetzt zufrieden?

– Nur noch eine Frage. Was ist mit Frydas Familie passiert?

– Ach so! Jetzt hätte ich wohl die ganze Mischpoke auf dem Dachboden verstecken müssen, wenn es nach Ihnen ginge? Bin ich das Rote Kreuz? Der Vater ist gerade noch rechtzeitig gestorben. Aber die andern... Ich habe keine Ahnung, wo und wie sie umgekommen sind. Wenn Sie es unbedingt wissen müssen, fragen Sie Fryda.

Ich konnte es mir denken. Ein längeres Schweigen setzte ein. Josefine sah eine Weile aus dem Fenster, vor dem die Schneeflocken tanzten. Ich wußte nicht, was ich sagen sollte. Ich hatte mich aufgeführt, als wäre ich ihr Untersuchungsrichter.

– Es tut mir leid, wenn ich zudringlich war, murmelte ich. Verzeihen Sie, Josefine.

Endlich warf sie mir einen Blick zu, den ich nicht deuten konnte.

– Sie begreifen gar nichts, rief sie. Ich bin genau wie die andern. Ist das so schwer zu verstehen?

Josefine, die Sängerin, eine mausgraue Allerweltsfigur? Auf diese Wendung war ich nicht gefaßt. Obwohl ich mir vorgenommen hatte, sie nicht weiter zu reizen, konnte ich dieses Eingeständnis nicht auf sich beruhen lassen.

– Das sind ja ganz neue Töne, Josefine. Woher kommt diese plötzliche Einsicht?

– Wenn Sie meinen, ich hätte mich auf meine alten Tage zur allgemeinen Nächstenliebe bekehrt, dann irren Sie sich. Meine Methode, um über die Runden zu kommen, war ganz einfach. Wer kapieren will, was in den Köpfen der anderen vorgeht, der muß sich in sie hineinversetzen, auch wenn es schwerfällt, sich klarzumachen, daß da gewisse Ähnlichkeiten vorhanden sind. Nicht nur, daß es sich um Zweibeiner handelt, die gewöhnlich zwei Ohren haben und gerne gut essen, genau wie ich. Es ist ja viel schlimmer! Dieser Lump da zum Beispiel, der mir damals die Handtasche klauen wollte – immerhin verdanke ich dem Kerl Ihre Bekanntschaft –, aber wenn ich begreifen will, was ihn antreibt, muß ich den Kleptomanen in mir ausfindig machen. Wie wollen Sie sonst mit all diesen Kreaturen fertigwerden, mit den Hungerleidern, den Bürokraten, den Idioten? Das Mitleid ist nicht meine Stärke, aber eine gußeiserne Empathie, wenn Sie verstehen, was ich meine – dazu bin ich imstande. Auch mit dem kleinen Arschloch, dem Rüpel, sogar, wenn es sein muß, mit dem Gangster, dem Diktator, dem Irren, dem Attentäter. So viel Phantasie muß sein!

Was glauben Sie, warum ich mir Ihre indiskreten Fragen gefallen lasse? Weil ich selber neugierig bin. Sie sehen ja, wie gern ich mit Ihnen streite. Sie merken wohl gar nicht, was für ein sonderbares Exemplar Sie sind. Widersprechen Sie mir nicht! Für heute lassen wir es gut sein. Nächste Woche dürfen Sie mich wieder heimsuchen. Nur keine Angst! Es amüsiert mich, wie Sie sich über mich aufregen. Soviel Emotion könnte ich mir gar nicht leisten. Ich habe lange gebraucht, um einzusehen, daß das unsere wertvollsten Ressourcen sind: die Empörung, die Wut, die Begeisterung und die Leidenschaft. Unsere Gefühle sind nicht unbegrenzt verfügbar. Sie müssen mit ihnen haushalten, mein lieber Joachim, sonst wird es ein böses Ende mit Ihnen nehmen. Oder möchten Sie eines Tages so wie ich in einer heruntergekommenen Villa sitzen, von früh bis spät mit einer polnischen Magd schwatzen oder zerstreut in irgendwelchen Schmökern blättern? Und jetzt, mein Lieber, lassen Sie mich bitte allein. Ich bin müde.

Das alles ließ ich mir gesagt sein. Ich werde diesen Neujahrstag nicht so leicht vergessen.

9. Januar

Gestern ist es zu einem peinlichen Auftritt gekommen. Als Fryda den Tee servierte, hat Josefine sie angefahren.

– Wo sind meine Zigaretten? Wie oft habe ich dir gesagt, daß du dich darum kümmern sollst!

– Sie wissen doch ganz genau, Dr Feilchenfeldt hat es Ihnen verboten.

– Der hat mir gar nichts zu sagen. Merk dir das! Also, was ist? Du machst mich noch wahnsinnig mit deiner Schlamperei.

Ich sah eines dieser kleinen Psychodramen kommen, die den beiden zur lieben Gewohnheit geworden waren.

– Es tut mir leid, Josefine, daß ich Ihnen nicht aushelfen kann. Ehrlich gesagt, bin ich froh, daß ich nie mit dem Rauchen angefangen habe.

– Dann geh, schnaubte sie.

Fryda verzog keine Miene und verschwand.

– Da sehen Sie, wie sie mich tyrannisiert. Was erlaubt sich diese Person! Erziehen will sie mich, aber dazu ist es wahrhaftig zu spät.

– Sie macht sich Sorgen wegen Ihrer Gesundheit. Ich finde, daß sie recht hat. Sie rauchen zuviel.

– Jetzt fangen Sie auch noch damit an! Ich frage mich schon die ganze Zeit, was Sie an diesem Trampel finden. Glauben Sie, ich hätte nicht bemerkt, wie ihr die Köpfe zusammensteckt? Weiß der Kuckuck, was es da zu tuscheln gibt.

Nun weiß ich zwar, wie mürrisch Raucher reagieren können, wenn sie auf ihr Laster verzichten müssen. Aber warum ließ Josefine ihren Zorn an Fryda aus? Hörte ich da eine Spur von Eifersucht heraus? Ich konnte es kaum glauben.

– Sie sollten ihr dankbar sein, sagte ich.

– Hören Sie bloß auf mit der Dankbarkeit! Oder bilden Sie sich ein, daß das eine natürliche Regung wäre? Da kann ich nur lachen! Haben Sie schon einmal ein Kind gesehen, das von sich aus Danke sagt, wenn man ihm etwas schenkt? Dieses schlichte Wort muß man jedem Menschen von neuem mühsam eintrichtern. Eine zivilisatorische Krücke ist das, zu der wir nur widerwillig greifen und die wir sofort wegwerfen, sobald der uns den Rücken kehrt, der uns etwas gegeben hat.

Sie war jetzt richtig in Fahrt gekommen und hatte ihren Ärger über Fryda vergessen.

– Ich habe gehört, daß es im alten Spanien Sitte war, sich bei dem Bettler zu bedanken, dem man Geld in sein Schüsselchen geworfen hat. Um ihn zu entwaffnen! Denn wer mag schon abhängig von der Gunst oder der Gnade eines anderen sein? Dem Wohltäter begegnet stets die Abneigung, ja der mehr oder weniger versteckte Haß seines Opfers. Was glauben Sie, wie die Ostdeutschen unter der Großzügigkeit ihrer Brüder und Schwestern im Westen leiden! Die guten Menschen machen es sich zu leicht mit ihrer Lust, zu helfen. Wenn man unbedingt jemanden unterstützen will, dann muß man ihn schon sehr genau studieren, und daran fehlt es meistens. Denken Sie nur an die ahnungslosen Entwicklungshelfer, die irgendwo aus dem Hubschrauber ihre Gaben abwerfen. Ich sage nur: Cargo-Kult! Wissen Sie, was das ist? Und dann haben die Spender auch noch die Unverschämtheit, Dank dafür zu erwarten, daß sie ihren Überfluß losgeworden sind.

Nun, es ist schön von Ihnen, daß Sie sich Zeit für mich nehmen, obwohl ich Ihnen nichts zu bieten habe als eine Tasse Tee. Sie brauchen mich nicht, und Sie sind mir nichts schuldig. Gerade deshalb mögen Sie mich, obwohl ich Ihnen manchmal auf die Nerven gehe.

Ich war froh darüber, daß sie aufgehört hatte, sich über die fehlenden Zigaretten zu ereifern und auf Fryda zu schimpfen. Doch ihre Kapuzinerpredigt gegen die Dankbarkeit kam mir verdächtig vor. Ich ahnte, daß sie nur ihre desperaten Manöver, um Frydas Leben zu retten, nicht gegen die unwandelbare Treue ihrer Dienerin aufrechnen will. Und das, denke ich, ist auch ganz richtig.

16. Januar

Gestern herrschte zwar keine Eintracht, aber immerhin ist in der Kastanienallee wieder Ruhe eingekehrt. Auch Fryda ließ es an einer Friedensgeste nicht fehlen. Mit dem Tee servierte sie ihrer Herrin eine Schachtel Gauloises.

Nicht als hätte Josefine darauf verzichtet, eine Debatte vom Zaun zu brechen. Diesmal beschwerte sie sich über den Dünkel der Moderne. Ich weiß nicht mehr, wie sie darauf gekommen ist. Vielleicht war es die Zentralheizung. Sie funktioniert wieder einigermaßen, seitdem

Schönner die Rohre gereinigt und die Ventile repariert hat, aber das ganze System ist hoffnungslos veraltet. Nach wie vor knackt und gurgelt es fortwährend in den Heizkörpern, der Wirkungsgrad des Kessels ist miserabel, und der Ölverbrauch muß grandios hoch sein.

Es brauchte nicht mehr als eine so banale Bemerkung, um Josefines ausschweifende Streitlust zu entfesseln.

– Veraltet, rief sie. Das ist alles, was Ihnen einfällt. Immer wollen Sie auf der Höhe der Zeit sein! Warum nicht gleich das ganze Haus einreißen? Auf diesem Grundstück könnte man doch einen modernen, tadellos klimatisierten und ökonomisch rentablen Büroturm bauen. Das wäre zweifellos ein Fortschritt gegenüber dieser Bruchbude.

– Aber Josefine, Sie übertreiben, wie immer. Ich habe nichts dergleichen gesagt. Ich meine nur, man könnte aus diesem Haus etwas Wunderbares machen. Sie bräuchten es nur gründlich zu renovieren.

– Und wer soll das bezahlen?

– Vielleicht könnten Sie das obere Stockwerk vermieten. Sie brauchen doch wirklich keine zwölf Zimmer.

– Achtzehn sind es, glaube ich. Mein lieber Freund, Sie sind wohl nicht bei Trost! Ich dulde keine Fremden in meinem Haus.

– Ja dann! Eigentlich wollte ich auch nur von Ihrer Heizung sprechen. Wenigstens die sollten Sie modernisieren. Wir sind doch keine Höhlenbewohner, die mit einem rauchenden Holzfeuer und mit einem Kienspan als Beleuchtung auskommen müssen.

– Aha. Sie meinen also, wir hätten es weiter gebracht als alle früheren Generationen. Das waren wohl arme, ahnungslose Trottel, verglichen mit denen, die heute leben. Ich will Ihnen sagen, wer die wahren Idioten sind. Warten Sie! Wer war dieser Franzose, der es auf den Punkt gebracht hat? *Il faut être absolument moderne*, hat er gesagt, und wahrscheinlich hat er sich dabei auf den Bauch gepatscht vor lauter Hochmut. Typisch, diese Unverschämtheit! Modern, das war ihm noch nicht modern genug, es mußte auch noch *absolut* modern sein. Und das ganze in diesem arroganten Befehlston! So redet der Zeitgeist – ein Oxymoron, wenn Sie mich fragen: der Gipfel der Geistlosigkeit. (Ich fragte mich, woher sie diese Fremdwörter aus der Rhetorik nur haben mag. Von ihrem Vater?)

– Rimbaud, wandte ich ein, das war doch nur ein Dichter.

– Das sind die Schlimmsten. Ich weiß, wovon ich rede! Die Künstler wollten immer vorne dran sein. Avantgarde! Chronische Selbstüberschätzung. Alle Hui was Neues. Der Neue Mensch, die Neue Sachlichkeit, die Neue Musik. Wie sich so etwas über ein ganzes Jahrhundert hinschleppen konnte, ist mir ein Rätsel.

– Das ist aber schon eine ganze Weile her, sagte ich. Das war die heroische Moderne, und mit der ist es aus und vorbei. Liebe Freundin, Sie kämpfen gegen Windmühlen.

– Ein lebender Anachronismus bin ich also. Das wollen Sie doch damit sagen, nicht wahr? Einverstanden.

Ich hätte gezögert, mich so kraß auszudrücken. Das wäre mir angesichts ihres Alters unhöflich erschienen.

– Sagen wir einfach, Sie sind eine militante Konservative.

– Das sind die meisten Menschen, allerdings nur in den Dingen, auf die sie sich wirklich verstehen. Man muß jedem Koch mißtrauen, der sich für den Fortschritt begeistert. Der Schneider, der sich an die Tradition hält, ist und bleibt der beste. Es ist so, wie Beckett sagt: Die alten Fragen, die alten Antworten, da geht nichts darüber.

Ich weiß natürlich, daß gegen diese Art von geballter Kulturkritik kein Kraut gewachsen ist. Also verzichtete ich darauf, ihr vorzuhalten, daß ihre Überheblichkeit dem Dünkel der Moderne, den sie beklagte, in nichts nachstand. Ich möchte nicht wissen, wie empört sie wäre, wenn der Zahnarzt ihr mit der Beißzange die letzten Zähne ausreißen wollte, ohne Anästhesie; wie sie mit dem Plumpsklo früherer Jahrhunderte zurechtkäme; wie ihre empfindliche Nase mit den pestilenzialischen Gerüchen fertigwerden würde, die Europa bis vor nicht allzu langer Zeit heimgesucht haben. Kein Kühlschrank, keine Elektrizität, kein Aspirin, überall Sepsis und Finsternis! Doch es war sinnlos, ihr den Affekt gegen die Moderne auszureden.

Nur um zu sehen, wie sie reagieren würde, beschloß ich, ihr doch noch einen Köder hinzuhalten.

– Sie haben nichts übrig für den Fortschritt, und zugleich sind Sie für mich das Musterbeispiel einer emanzipierten Frau. Wie paßt das zusammen? Ich vermute, daß Sie immer nur das getan haben, wozu Sie Lust hatten. Sind Sie nicht als junges Mädchen von zu Hause ausgerissen? Fryda sagt, sie hätten sich in Berlin als Kellnerin durchgeschlagen. Nicht gerade das, was man damals von einer Tochter aus gutem Hause erwartet hat. Von Ihren Ehemännern will ich gar nicht reden. In deren Haut hätte ich, offen gestanden, nicht stecken mögen.

Das war für meine Verhältnisse reichlich dreist gesagt, aber sie quittierte diese Rede mit einem Lächeln, ganz so, als hätte ich ihr geschmeichelt.

– Und was hat das alles mit der Emanzipation zu tun, auf die Sie anscheinend so große Stücke halten? Halten Sie mich am Ende für eine Feministin?

– Das ist immerhin die einzige Revolution des zwanzigsten Jahrhunderts, die erfolgreich war. All die andern sind gescheitert. Damit hat der Zeitgeist, auf den Sie so schlecht zu sprechen sind, etwas Irreversibles zustandegebracht.

– Da wäre ich mir nicht so sicher.

– Aber Sie haben nicht nur davon profitiert, Sie haben doch auch vielen andern gezeigt, wie man sich als Frau durchsetzen kann.

– Wollen Sie eine Heroine aus mir machen? Das lasse ich mir nicht gefallen. Sie wissen doch, wie ich über den Opportunismus denke, auch wenn Ihnen das nicht paßt. Ich bin immer eine Trittbrettfahrerin gewesen, was die sogenannten Rechte der Frauen betrifft. Das hat den Vorteil, daß ich immer dann abspringen konnte, wenn mir die Route nicht gepaßt hat.

Sie ist eben unverbesserlich: in einem Atemzug leugnet sie den Fortschritt und macht ihn sich zunutze. Aber ich werde mich hüten, ihr deswegen Vorwürfe zu machen; sonst stellt sie mich wieder als Moralapostel hin, und das ist eine Rolle, auf die ich keinen Wert lege.

18. Januar

Krieg im Irak. Im Institut läuft den ganzen Tag der Fernseher. Erregte Debatten über die Auswirkungen. Unsere Prognosen sind über Nacht zu Altpapier geworden. Draußen hängen die Pazifisten ihre Bettlaken aus dem Fenster. Ich bin hin- und hergerissen, telephoniere mit meinen amerikanischen Freunden und streite mich mit meinem Chef.

Ausgerechnet jetzt erreicht mich eine Einladung aus Massachusetts: ein interessantes, üppig ausgestattetes Sommerprogramm am MIT. Ich müßte Mitte Mai anfangen und bis Mitte August bleiben. Eine starke Versuchung. Ich kenne ja das Milieu in Cambridge und glaube kaum, daß ich dort politische Schwierigkeiten hätte. Die meisten haben für die Bush-Regierung nichts übrig. Wenn mich das Institut freistellt, werde ich wohl zusagen.

Meine Teestunden bei Josefine kommen mir nachgerade absurd vor. Ich frage mich, was ich in dieser Einsiedelei verloren habe. Vielleicht sollte ich einfach nicht mehr hingehen.

22. Januar

Wie ein braver Schüler bin ich heute wieder pünktlich in der Kastanienallee erschienen. Ich bringe es nicht fertig, Josefine sitzenzulassen. Dabei spielt es, glaube ich, keine Rolle, daß ich es bin, den sie an jedem Dienstagnachmittag erwartet. Jeder andere täte es auch. Natürlich würde sie nie zugeben, daß sie mich braucht. Es ist nur so, daß in ihrem Alter die Gewohnheiten überhandnehmen. Mit ihnen zu brechen hieße vor dem Chaos kapitulieren. Und ich bin, ohne es zu wollen, in den letzten Monaten zu einem festen Datum auf ihrem ansonsten kaum belebten Kalender geworden.

Die Nachrichten vom Ende des Krieges im Irak nahm sie ungerührt hin.

– An solchen Gangstern wie diesem irakischen Bastard wird es der Menschheit niemals fehlen, sagte sie. Daß sie ganze Völker ruinieren, wird ihnen offenbar nicht übelgenommen, jedenfalls nicht am Anfang ihrer Karriere. Ganz im Gegenteil, sie werden bejubelt. Die Deutschen müßten sich eigentlich mit solchen Figuren auskennen, da sie selber ein Jahrzehnt lang ihren Hitler angebetet haben. Von diesem Herrn sind sie ja heute noch fasziniert. Sie sehen sich unentwegt Filme über ihn an und drucken ihn auf die Titelseiten ihrer Zeitschriften, obwohl er eigentlich ein monumentaler Langweiler war. Ich mußte mir damals hin und wieder in der Kantine seine endlosen Reden anhören. Es war immer das gleiche Gebrüll. Jetzt, fünfzig Jahre später, wird er immer noch eifrig bekämpft. Das kann doch nur heißen, daß es sich da um eine Fixierung handelt. Nicht gedacht soll solcher Figuren werden!

– Aber Sie haben doch soeben selber mit diesem Hitler angefangen. Mir wäre das gar nicht eingefallen. Ich zerbreche mir den Kopf über das, was heute geschieht.

– Viel Vergnügen! Das, was da hinten passiert, zeigt ja nur, daß uns nicht viel Neues eingefallen ist. Sie glauben doch nicht im Ernst, Joachim, daß die Menschheit aus ihren Erfahrungen lernt? Das fällt mir das Buch eines Franzosen ein, das mir jemand vor Jahren geschenkt hat. *Über die freiwillige Knechtschaft*. Ohne die wäre es unerklärlich, daß ganze Völker sich immer wieder irgendeinem Diktator an den Hals hängen.

– Oder einem Konsul. Haben Sie nicht neulich von einer solchen Rolle geschwärmt?

– Habe ich das? Sie wissen doch, wie vergeßlich ich bin. Glücklicherweise hört niemand auf mich, außer Ihnen. Sie haben Geduld mit mir. Nicht wahr, Ihnen darf ich alles sagen, was mir gerade durch den Kopf schießt?

– Und ich darf Ihnen widersprechen.

– Wenn es sein muß. Ich bestreite also, daß es Kollektive gibt, die freiwillig lernen. Unangenehme Tatsachen werden erst dann zur Kenntnis genommen, wenn es nicht mehr anders geht, und das heißt für gewöhnlich: wenn es zu spät ist.

– Nehmen Sie mir's nicht übel, Josefine, aber könnte man nicht sagen, daß Sie selber der beste Beweis für diese These sind? Vielleicht schließen Sie von sich auf andere?

– Sehr scharfsinnig, wenn auch nicht sehr nett. Aber ich bleibe dabei: Wir sind von Natur aus unbelehrbar.

– Ganz im Gegenteil. Wir sind von Natur aus zum Lernen verurteilt. Sonst wären wir nämlich längst ausgestorben.

Wir trinken Tee und werfen einander geschichtsphilosophische Halbwahrheiten an den Kopf. Gespenstisch!

In den Nachrichten: nach dem Putschversuch der Russen jetzt ihre Fallschirmjäger in Riga. Es gab Tote. Manchmal könnte man glauben, Josefine hätte recht. Überhaupt ist es ein Wunder, mit was für Nachrichten wir jeden Tag von neuem bombardiert werden, ohne daß wir mit einem schizophrenen Schub in der Psychiatrie landen.

30. Januar

Gestern habe ich wohl den Gipfel der Peinlichkeit erreicht. Obwohl ich im Grunde genommen gar nicht schuld daran war, möchte ich diese Nacht am liebsten vergessen. Die Teestunde mit Josefine verlief recht lustlos; ich hatte den Eindruck, daß sie deprimiert war. Gewöhnlich fällt es mir leicht, sie aus der Reserve zu lokken. Ich brauche ihr nur einen Köder anzubieten, und schon verbeißt sie sich in das Thema, zu dem ich ihre Meinung hören möchte. Das hat, zugegebenermaßen, einen Hauch von Manipulation, so als ließe ich mutwillig die Puppen tanzen. Ganz fair ist das nicht, aber ich hoffe, daß sie mich nicht durchschaut. Diesmal aber ließ sie sich nicht provozieren, und so blieb es bei einer etwas matten Konversation.

Aber als ich mich verabschieden wollte, bemerkte ich, daß meine Manteltaschen leer waren. Natürlich war ich selber schuld. Wie ein kleiner Junge stecke ich alles, was ich brauche, griffbereit in die Hosentaschen oder in den Mantel – Hausschlüssel, Geldscheine, Karten, Ausweis, Einkaufszettel –, weil es mir zuwider ist, das alles ordentlich in einer Brieftasche oder einem Geldbeutel zu verstauen. Meine Schwester hat sich des öfteren über meinen Leichtsinn aufgeregt, aber bis gestern nachmittag ist immer alles gutgegangen. Es muß im Bus passiert sein. Für einen professionellen Dieb ist es bei dem Gedränge, das dort herrscht, nicht schwer, einen Idioten wie mich auszunehmen.

Im Flur sah Fryda mir zu, wie ich in meinen Taschen wühlte, und obgleich ich ihr erklärte, daß es zwecklos war, bestand sie darauf, überall nach meinen Sachen zu suchen.

– Warten Sie hier, sagte sie. Ich bin gleich wieder da.

Ich hörte, wie sie sich halblaut mit Josefine beriet. Der Herr Joachim habe sein Geld und seinen Hausschlüssel verloren. Nein, ein Hotel komme ohne Gepäck und ohne Ausweis nicht in Frage. Den Rest ihrer geflüsterten Überlegungen konnte ich nicht verstehen. Josefine erschien und bot mir an, im Haus zu übernachten. Es war klar, daß ihr diese Lösung ebenso unwillkommen war wie mir. Aber das hätte sie um keinen Preis zugegeben.

– Ich bitte Sie, mein Lieber, das ist doch ganz selbstverständlich. Ich dulde keinen Widerspruch. Sie werden mit dem blauen Zimmer vorliebnehmen müssen. Fryda wird sich um alles kümmern. Und, Fryda: vergessen Sie nicht das dritte Gedeck zum Abendessen, für Herrn Joachim.

Während ich ein paar ungeschickte Entschuldigungen vorbrachte und die arme Fryda in der Küche hantierte, ließ Josefine mich eine Weile lang zappeln, bevor sie zum Angriff überging. Ich sah es ihrem lauernden Blick an, sie war unzufrieden mit mir.

– Ich habe Sie durchschaut, mein Lieber. Sie legen es förmlich darauf an, mir ein Thema in den Mund zu legen. Glauben Sie, ich hätte das nicht bemerkt? Von mir aus wäre ich nie darauf verfallen, über all diese Dinge zu reden, die mir weiß der Himmel fernliegen. Wie denken Sie über den Staat, liebe Josephine? Was halten Sie von der Gerechtigkeit? Was würden Sie den Leuten alles verbieten, wenn Sie könnten? Immer fangen Sie mit solchen Fragen an, und dann lachen Sie sich ins Fäustchen, wenn ich anbeiße.

– Jetzt sind Sie ungerecht, Josefine, erwiderte ich.

Mußte sie mir ausgerechnet jetzt, wo ich auf ihre Hilfe angewiesen war, mit einem so tückischen Vorwurf kommen? Ich wollte ihr auf keinen Fall recht geben und suchte nach einer diplomatischen Ausrede.

– Ich höre Ihnen gerne zu, das ist alles, behauptete ich. Und warum wohl? Weil ich Sie bewundere. Ja, ich bewundere Sie, weil Sie kein Tabu kennen, weil keine Selbstzensur Sie daran hindert, Dinge auszusprechen, die ich nicht einmal wagen würde zu denken.

– Also darauf wollen Sie hinaus! Ich ahne, was Sie hören wollen. Ich soll gewissermaßen die Bauchrednerin Ihrer geheimen Gedanken spielen? Tut mir leid. Ich habe keine Lust, gegen den guten Ton zu verstoßen. Wenn ich es tue, so geschieht es ganz gegen meine Absicht. Im Grunde bin ich, genau wie Sie, lieber Joachim, voller Verbote. Ich lobe mir die Regeln. Ohne sie wären wir verloren. Das verstehen Sie doch? Stellen Sie sich nur die Panik vor, die ausbrechen würde, wenn sich alle über die ungeschriebenen Regeln hinwegsetzen würden. Tun Sie mir einen Gefallen: bleiben Sie vernünftig!

Josefines Geschick besteht nicht zuletzt darin, daß sie mich immer wieder auf dem falschen Fuß erwischt. Dann erscheint auf ihren blassen Lippen jedesmal ein gewisses Lächeln. Muß ich mir das gefallen lassen? Gestern abend blieb mir nichts anderes übrig. Aber auch wenn sie nichts von der Gegenseitigkeit hält, eines Tages werde ich ihr dieses maliziöse Lächeln heimzahlen.

Von unserem Abendessen ist mir nur in Erinnerung geblieben, daß es recht karg ausfiel. Während wir es verzehrten, hörte ich, wie Fryda auf der Treppe halblaut vor sich hin schimpfte. Wie ich später herausfand, hatte sie allen Grund dazu; denn der obere Stock war seit langem unbewohnt, und sie verbrachte eine gute Dreiviertelstunde damit, das sogenannte blaue Zimmer, das mir zugedacht war, und das altertümliche Bad mit der viel zu großen Wanne zu putzen, das dazugehörte. Dort krachte es dumpf in den Röhren, sobald man das rostige Wasser aus dem Hahn fließen ließ.

In meiner Bleibe roch es modrig, wie einst im Gästezimmer meiner Großmutter. Es war noch früh am Abend, und an Schlaf war nicht zu denken. Ein riesiger Schrank nahm die freie Wand ein. Wie ein kleiner Junge, der im Dachboden der Eltern stöbert, auf der Suche nach einem vergessenen Schatz, konnte ich der Versuchung nicht widerstehen, ihn zu öffnen. Das alte Schloß gab sofort nach. Es waren sonderbare Hinterlassenschaften, die mir aus dem Schrank entgegenstürzten: eine Federboa, vergilbte Partituren, handbemalte Fächer und kostbare Puderdosen. Im dunklen Innern des Möbels entdeckte ich einen Ventilator mit geknickten Flügeln, eine Leica und ein Nußbaumkabinett, in dem sich ein Radio aus den dreißiger Jahren verbarg. Jeder bessere Trödler hätte für solche Dinge, die heutzutage schon als Antiquitäten gelten, sicher viel Geld erlöst. Josefine freilich, dessen war ich mir sicher, wußte nichts von ihrem Wert.

Trotz allem schlief ich wie in Watte gepackt in dem breiten, messingverzierten Bett, vielleicht, weil es die ganze Nacht hindurch geschneit hat. Ich erwachte früh und schlich mich, um Josefine nicht zu wecken, auf Zehenspitzen aus dem Haus. Im Vorbeigehen warf ich einen Blick in Frydas Kellerfenster. Sie saß in ihrem hohen Lehnstuhl und las Zeitung. Ich glaube nicht, daß sie mich bemerkt hat. Um sie für ihren Ärger zu entschädigen, hinterließ ich ihr einen Zwanzig-Mark-Schein im Briefkasten. Im Institut verbrachte ich eine gute Stunde damit, mit der Polizei, dem Meldeamt und dem Schlüsseldienst zu telephonieren. Daß ein Taschendieb Geld braucht, kann ich verstehen; aber muß er meine Ausweise und meinen Schlüsselbund in eine Mülltonne werfen? Für diese Gemeinheit wünsche ich ihm ein paar Monate Gefängnis.

6. Februar

Ein düsterer Tag, der ein gutes Ende nahm. Josefine schlug ungeduldig auf die Tischklingel, weil sie meinte, Fryda ließe sich zuviel Zeit für den Tee. Im nächsten Moment ging das matte Licht im Salon aus, und Fryda kam herbeigeeilt, um zu melden, daß der Herd ohne Strom sei; an heißen Tee sei nicht zu denken.

– Ein Kurzschluß, sagte ich. Kein Wunder!

– Bring wenigstens ein paar Kerzen her, rief Josefine. Wo sind die Zündhölzer? Du mußt nach den Sicherungen sehen.

Ich fühlte mich veranlaßt, Fryda beizustehen. Der Sicherungskasten lag auf der Kellertreppe. Ein verstaubtes Chaos mit Kabeln aus der Vorkriegszeit. Natürlich war nirgends ein Ersatz für die durchgebrannte Sicherung zu finden.

– Ich gehe, um das Nötige zu kaufen, verkündete ich.

– Das kommt gar nicht in Frage, Joachim. Sie bleiben hier! Fryda, nimm die silbernen Leuchter auf der Kommode und setz dich zu mir! Du kannst hierbleiben.

Auf diese Weise begann eine höchst ungewöhnliche Séance zu dritt. Nie zuvor hatte Fryda an unserem Teetisch Platz genommen.

– Weißt du, woran mich das erinnert? Genau so saßen wir in unserm Haus am Rheinsberger See, am letzten Tag bevor die Russen kamen. Es gab keinen Strom mehr, und wir zündeten die letzten Kerzen an.

– Ja, und Sie wollten partout nicht weg, obwohl es vom Stechlin herüber gekracht hat. Ich konnte schon das Mündungsfeuer sehen. Und ich hatte Angst vor den Russen.

– Das sieht dir ähnlich.

– Es war schon stockdunkel, als wir losgingen. Nur mit einem Ihrer Koffer. Sie wollten unbedingt noch diese große Hutschachtel mitnehmen.

– Maroquinleder. Alles mußten wir liegenlassen. Und zu Fuß durch den Matsch.

– Zwei Tage haben wir gebraucht bis Berlin.

– Überall dieser Brandgeruch.

– Aber das Haus am Hasensprung hat noch gestanden.

– Alles ausgeplündert, der Keller war leer, nirgends war etwas zu essen da.

– Und Sie haben mich ausgeschimpft, weil ich die englische Seife nicht eingepackt habe, wissen Sie noch? Die Seife aus Zürich.

Eine eigenartige Stimmung hatte sich in Josefines Salon ausgebreitet. Die Erinnerung an die Schrecken des Krieges schien die beiden eher zu besänftigen. Selten werden sie sich so friedlich unterhalten haben wie an diesem Nachmittag.

Auch mir ist heute leicht zumut. Das Scheidungsurteil ist endlich ergangen. Daß mein Bankkonto leergeräumt ist, macht mir nichts aus. Natürlich habe ich Josefine nicht im Dunkeln sitzen lassen. Noch am späten Abend habe ich ein paar automatische Sicherungen aufgetrieben und sie eingesetzt. Eine Selbstverständlichkeit für Josefine, doch Fryda war sehr davon angetan, daß ihr Fernseher wieder lief. Wahrscheinlich habe ich nun bei ihr einen weiteren Stein im Brett.

13. Februar
Der Frieden hat nicht lange angehalten. Daran ist meine Schwester Mildred schuld. Sie ist fest davon überzeugt, daß sie jederzeit auf die Dienste ihres kleinen Bruders zurückgreifen kann. Angeblich mußte sie unbedingt mit ihrem unerträglichen Wolfram zu einer Kunstmesse nach Köln fliegen. Vorgestern hat sie mich angerufen. Sicher könne ich mich einen Tag lang um Miriam kümmern, das sei doch nicht zuviel verlangt. Daß auch ich einen Beruf habe, scheint ihr keinen Gedanken wert zu sein. Was sie natürlich nicht ahnen konnte, war, daß ich am Dienstagnachmittag auch noch etwas anderes vorhatte; denn ihr von Josefine zu erzählen scheute ich mich. Sie hätte mich ausgelacht.

Nun unterhalte ich mich zwar ungern mit Mildred, aber mit meiner Nichte ist das anders. Sie ist nicht altklug – altkluge Elfjährige kann ich nicht leiden –, doch überaus witzig und charmant. Wir haben schon vor Jahren ein Abkommen geschlossen. Es besteht nur aus zwei Artikeln: § 1, Ich langweile dich nicht, und § 2, Du langweilst mich nicht. Das ist meiner Meinung nach der einzig brauchbare Erziehungsgrundsatz, auch wenn meine Schwester ganz anderer Ansicht ist.

Also habe ich mir im Institut freigenommen und Miriam gegen ein Uhr von der Schule abgeholt. Sie begrüßte mich stürmisch, nur hatte sie ihre beste Freundin im Schlepptau, die mir gleich nicht besonders gefiel. Offenbar war auch diese Dagmar eine Art Schlüsselkind. Ich habe die beiden unverzüglich in der nächsten Hamburger-Filiale gefüttert. Sie waren hungrig wie die Raben. Aber was dann? Es hatte schon wieder zu schneien angefangen. Mein Vorschlag, in den Zoo zu fahren, erntete nur Hohngelächter. Die einfachste Lösung war, ins Kino zu gehen: *Der mit dem Wolf tanzt* – eine Indianer-Plotte, die beifällig aufgenommen wurde. Ich sah die ganze Zeit nervös auf die Uhr. Josefine hätte es niemals zugegeben, aber jedesmal, wenn ich nicht pünktlich erscheine, ist sie verärgert. Also beschloß ich, die beiden Kinder mitzunehmen. Das war ein Fehler.

Zwar verzog Fryda keine Miene, doch die Dame des Hauses sah mich an, als hätte ich ihr zugemutet, mit zwei Wölfen zu tanzen.

– Sie können ja draußen im Garten spielen, murmelte ich.

– Au ja, riefen die beiden.

Und so geschah es. Während der Tee serviert wurde, wie immer ohne Nußschnecken, erklärte ich Josefine meine Zwangslage.

– Soso, sagte sie, das alles tun Sie Ihrer Schwester Mylona zuliebe, die unbedingt eine Kunstmesse in Köln besuchen muß.

– Mildred.

– Natürlich, Mildred. Wie konnte ich diesen Namen nur vergessen! Sicherlich wird diese Mildred dort irgendeine scheußliche »Arbeit« erwerben. Diese Faulpelze nennen neuerdings ja alles, was sie zusammenbasteln, Arbeiten! Oder sie kleckern sich selber voll. Das heißt dann, glaube ich, Body Art.

Ihre Augen hatten wieder diese dunkelblaue Tönung angenommen, die mir gar nicht gefiel. Draußen im Garten erhob sich ein munteres Treiben. Erst spielten die beiden Verstecken, und ich sah, wie Dagmar kreischend die Tür des Schuppens aus den Angeln hob. Dann begannen sie eine Schneeballschlacht. Nach einer Weile hörte ich, wie im Nebenzimmer eine Fensterscheibe zu Bruch ging. Sogleich erschien die pummelige Dagmar feixend in der Tür.

– Haha, rief sie, das ist ja das reinste Gespensterhaus hier, wie im Horrorfilm. Gehört es Ihnen?

Josefine blickte auf die Pfützen, die das Kind auf dem Parkett hinterließ. Nun kam auch Miriam zur Tür herein, blaugefroren und mit Schnee in den Haaren.

– Komm, Dagmar, laß uns gehen. Tut mir leid wegen der Fensterscheibe.

– Fryda! rief die Gastgeberin. Aufwischen!

Ich entschuldigte mich und lief auf die Straße. Es dauerte eine Weile, bis ein Taxi vorbeikam. Die Kinder saßen solange, von Fryda bewacht, auf dem Bänkchen im Korridor. Sie machten einen betretenen Eindruck. Offenbar war es Josefine gelungen, selbst die aufsässige Dagmar einzuschüchtern. Es war halb sieben. Mildred hatte versprochen, die Fünf-Uhr-Maschine zu nehmen. Sie mußte, wenn alles gutging, zu Hause angekommen sein. Endlich setzte ich meine Schützlinge ins Taxi und kehrte ins Haus zurück, wo mich Josefine in einer Wolke von Zigarettenqualm erwartete. In dieser Situation war der Angriff die einzig mögliche Verteidigung.

– Sie mögen Kinder nicht, sagte ich. Sie finden sie degoutant.

– Ich habe Angst vor ihnen. Das ist viel schlimmer. Sie sind wie Aliens. Man weiß nie, was ihnen einfällt.

– Ich hätte nicht gedacht, daß Sie solche Vorurteile hegen, Josefine.

– Hinter jedem Vorurteil steckt eine Angst. Und wer behauptet, er sei frei davon, der lügt. Ich jedenfalls lege den größten Wert nicht nur auf meine Vorlieben, sondern auch auf meine Abneigungen. Zum Beispiel die Franzosen: ich kann sie nicht ausstehen.

– Was ist denn so schlimm an ihnen? Nur weil sie arrogant und eitel sind?

– Hören Sie auf mit diesen Klischees, mein lieber Joachim. Die sind lächerlich und leicht zu widerlegen. Ich erinnere mich an einen Dirigenten aus Marseille, der in mich verliebt war. Eine Seele von einem Menschen. Keine Spur von Überheblichkeit. Aber Sie glauben doch nicht, daß er mich von meinem Vorurteil geheilt hätte? Ich spüre es in der Magengrube, sobald ein Franzose in der Nähe ist. Dann ergreife ich sofort die Flucht.

– So etwas nennt man, glaube ich, Rassismus.

– Ich habe nie verstanden, was das ist. Meistens scheint es dabei um die Hautfarbe zu gehen. Doch da muß ich Sie enttäuschen. Ich blicke nicht ungern auf Erlebnisse zurück, bei denen die Pigmentierung ganz und gar nicht hinderlich war. Oder meinen Sie diese Leute, die Angst vor den Juden haben? Merkwürdig, diese fixe Idee. Woher weiß der Antisemit, wer oder was ein Jude ist? Das ist doch rätselhaft. Wer hat da eigentlich das Sagen, der Jude oder der Antisemit? »Wer Jude ist, bestimme ich.« Ohne den Haß auf die Juden, den Neid auf sie und die Furcht vor ihnen wäre nur eine unauffällige Sekte übriggeblieben.

– Vorhin haben Sie meine arme Nichte als ein Monster aus dem Weltraum beschrieben und mehr oder weniger behauptet, Sie könnten einen Franzosen am Geruch erkennen, und jetzt spielen Sie die Dame, die über solche Vorurteile erhaben ist. Wie paßt das zusammen?

– Ich mache Unterschiede, mein Freund, das ist alles. Sie werden das wahrscheinlich Diskriminierung nennen, weil Sie ein braver Junge sind. Nun, mit meinem Latein ist es weiß Gott nicht weit her, aber ich glaube mich zu erinnern, daß dieses beliebte Wort soviel heißt wie unterscheiden. Und Sie wollen mir weismachen, daß Sie auf die Fähigkeit zu unterscheiden verzichten? Das heißt die Gleichmacherei ziemlich weit treiben. Ich erlaube mir an Ihrer Aufrichtigkeit zu zweifeln. Geben Sie es lieber gleich zu, daß Sie Mühe haben, an der Heuchelei festzuhalten, die hinter Ihrer glatten Miene lauert!

– Meinetwegen, sagte ich, erschöpft von ihrem Redeschwall und verärgert darüber, daß sie mich einen braven Jungen nannte.

– Wenn Sie es genau wissen wollen, sagte ich, ich kann meine Schwester nicht leiden, ich kann Rennfahrer nicht ausstehen, ich kann ganze Völkerschaften nicht riechen. Das wollen Sie doch von mir hören? Aber warum soll ich meine Vorurteile hinausposaunen? Das wäre nicht höflich. Ich werde mich hüten, das zu bekämpfen, was mir mißfällt. Dadurch würde ich mich nur anstecken. Ich bin mehr für die Vermeidung.

– Wir sind uns ausnahmsweise einig, sagte Josefine, und obwohl es spät geworden war, klingelte sie, damit Fryda ein neues Kännchen Tee brachte.

20. Februar

Es ist wieder etwas dazwischengekommen, aber diesmal war keine dieser kleinen Katastrophen schuld. Eher im Gegenteil. Es war Hella. Nicht ich habe sie angesprochen. Es war umgekehrt. Sie hat sich gestern mittag im Kasino an meinen Tisch gesetzt.

– Sie arbeiten zuviel, sagte sie ganz unvermittelt. Alle hier im Institut wissen es, aber keiner sagt etwas. Sie sollten lieber spazierengehen. Wenn Sie wollen, komme ich mit.

Ich kannte sie kaum, weil sie im dritten Stock arbeitete, in der Abteilung für Außenwirtschaft. Aber sie war mir aufgefallen mit ihrem wallenden roten Haar und den peruanischen Wollsachen, die sie trug. Ich hatte immer noch die Vorlage für das Ministerium auf dem Tisch, wie immer mit dem Vermerk *Dringend*, aber ich gab mir einen Ruck und sagte:

– Wohin?

– Ohne Ziel. Sie wissen wohl immer, was Sie wollen? Eine schlechte Angewohnheit, wenn Sie mich fragen. Ich weiß nur, was ich nicht will, nämlich den ganzen Nachmittag am Schreibtisch vertrödeln.

Sie stand auf und ließ ihre Lasagne einfach stehen.

So hat es angefangen, und wo das enden wird, weiß ich nicht. Jetzt, wo die Geschichte mit Nadja endgültig vorbei ist ... Andererseits bin ich das, was man ein gebranntes Kind nennt. Das merkt man mir vermutlich an. Auf das, was meine unwiderstehlichen Kollegen, besonders Dr Tappert, »Aufreißen« nennen, bin ich ohnehin nie scharf gewesen. Der fährt einen roten Sportwagen, den er seinen »Puppenfänger« nennt.

Wie dem auch sei, wir sind dann tatsächlich über zwei Stunden lang durch die Stadt gelaufen, bei eisklarem, beinahe föhnigem Wetter, und danach saßen wir noch lange in einem brasilianischen Café, wo Hella offenbar Stammgast war, denn sie wurde gleich mit Hallo begrüßt. Hella, Hella ... Dieser Vorname paßt überhaupt nicht zu ihr. Er hört sich allzu nordisch an, und sie sieht eher wie eine Kreolin aus. Meine fatale Schüchternheit hat mich daran gehindert, sie nach ihren Eltern zu fragen. Sie dagegen ist von einer Unbefangenheit, die mich entwaffnet.

Ich habe kein einziges Mal auf die Uhr gesehen, und

meine Teestunde bei Josefine habe ich schlichtweg vergessen. Wenn das kein Alarmzeichen ist!

21. Februar

Gestern mit Hella im Theater, zum ersten Mal seit Monaten. Es gab, wie immer, *Onkel Wanja*. Trotzdem haben wir uns gut unterhalten.

Heute morgen habe ich einen Kurier mit einem Briefchen in die Kastanienallee geschickt, mit einer Entschuldigung. Die Vorlage für Bonn, die ich hastig zusammenstellte, mußte als Ausrede herhalten. »Vielleicht würden Sie mich ausnahmsweise am Freitag empfangen, liebe Josefine? Ihr ergebener Joachim.« Der Bote kam mit einer knappen Antwort zurück, der ich immerhin ein gnädiges *Meinetwegen* entnehmen konnte.

24. Februar

Schon wieder verspätet aufgebrochen, weil ich Hella begleiten mußte, die dringend eine Stola brauchte und behauptete, sie lege Wert auf mein Urteil. Ich kam außer Atem in der Kastanienallee an. Fryda warf mir einen vorwurfsvollen Blick zu. Aber zu meiner Überraschung machte Josefine nicht nur gute Miene, sie war sogar außerordentlich charmant.

– Welche Freude, rief sie, und wie es schien, ganz ohne Ironie. Sie wissen gar nicht, wieviel es mir bedeutet, daß Sie sich Zeit für mich nehmen.

Ungewohnte Töne! Mir wurde fast etwas mulmig zumute, denn ich hatte den Eindruck, daß sie wieder einmal mit mir kokettierte. Sie wird sich doch nicht einbilden, daß ich … Undenkbar! Aber nein. Sie habe ja volles Verständnis für mich, beteuerte sie.

– In Ihrem Alter, lieber Joachim, haben Sie gewiß Besseres zu tun, als eine alte Dame zu besuchen. Um so mehr weiß ich es zu schätzen, daß Sie sich um mich kümmern. Im Gegensatz zu Ihnen habe ich ja, wie Sie wissen, nichts zu tun. Ich hänge meinen Erinnerungen nach und grüble ein wenig. Das ist natürlich auf die Dauer deprimierend.

Nun ist ein weiches Gemüt ungefähr das letzte, was ich Josefine zutraue. Es war mir unbehaglich, wie verständnisvoll sie sich zeigte. Und ich tat recht daran, dem Frieden nicht zu trauen; denn sie zog an ihrer Gauloise, sah mir tief in die Augen und fragte mit einer Stimme, als hätte sie Kreide gefressen:

– Was ist los mit Ihnen, Joachim? Ich merke doch, wie unruhig Sie sind. Eine Frau, nicht wahr? Mir können Sie es doch sagen.

– Nur eine flüchtige Bekanntschaft. Nicht der Rede wert.

– Nun, da Sie Ihrer Natascha glücklich entronnen sind …

– Nadja, verbesserte ich sie mechanisch.

– Ach ja. Ein gefährlicher Moment, wenn ich das sagen darf. Es geht mich ja nichts an, mein Lieber, aber Sie sollten auf der Hut sein!

– Ich möchte nicht darüber sprechen, sagte ich und fing an, demonstrativ über das Wetter zu reden. Das quittierte sie mit einem boshaften Lächeln. Es paßte ihr offenbar nicht, daß ich im Begriff bin, mich zu verlieben.

Ich war ungeduldig, weil es spät geworden war, und verabschiedete mich, sobald es ging. Weil mir nach frischer Luft zumute war, machte ich ein paar Schritte im verschneiten Garten. Auf dem Weg zur Straße hielt ich inne und warf einen Blick in Frydas hell erleuchtetes Kellerfenster. Fryda saß auf ihrem Küchenhocker vor dem Fernseher, und wer hatte es sich in dem großen Ohrensessel bequem gemacht? Es war Josefine, die, mit ihrer unvermeidlichen Gauloise zwischen den Lippen, auf den kleinen schwarzweißen Bildschirm starrte. Ich hatte völlig vergessen, daß heute der erste Spieltag der Bundesliga war, Bayern gegen Leverkusen. Die Partie endete 1:2 für den FC Bayern. Schon im ersten Anlauf nach der Winterpause hatten sich die Bayern wieder an die Spitze gesetzt.

6. März

Gestern eine ganz neue Wendung: Josefine hat sich verleugnen lassen. Oder trifft es zu, was Fryda mir ausgerichtet hat, als ich vor der Tür stand? Pani Josefine ließe sich entschuldigen, sie sei unwohl und könne niemanden empfangen.

Zum Glück hatte ich, außer der Fußballzeitung, ein Mitbringsel für Fryda dabei, dem sie kaum widerstehen konnte: eine Flasche Żubrówka. Es blieb ihr nichts anderes übrig, als mich zu einem Glas in ihrer Bleibe einzuladen. Ich konnte es nicht lassen, einen zweiten Blick auf die versammelten Memorabilien an der Wand zu werfen; doch bevor ich mich nach dem Schicksal ihrer Familie erkundigen konnte, kam Fryda mir zuvor.

– Setzen Sie sich doch. Was gehen Sie diese alten Geschichten an? Die Leute auf den Photos sind schon lange tot. Sind Sie vielleicht ein Professor oder ein Journalist, der alles aufschreiben will? Dann sage ich Ihnen gleich, daß ich auf keinen Fall in einer Zeitung oder in einem Buch vorkommen möchte. Außerdem will niemand so etwas lesen. Hier, nehmen Sie einen Wodka, das ist gesünder.

– Danke. Nein, Fryda, ich bin kein Schriftsteller, ich habe mit dem Geld anderer Leute zu tun.

– Aha, dann sind Sie wohl ein Bankkassierer?

– So etwas Ähnliches. Aber dort, wo ich arbeite, gibt man mir kein Bargeld in die Hand, nur lauter Zahlen.

– Also Buchhalter.

– Ja, so kann man es wohl nennen. Aber eigentlich wollte ich Sie etwas anderes fragen. Könnte es sein, daß Pani Josefine mir böse ist? Das würde mich nicht wundern. Da war die Sache mit dem gestohlenen Hausschlüssel, dann der Überfall mit den Kindern, der sie zur Weißglut gebracht hat, und neulich war ich so durcheinander, daß ich glatt vergessen habe, sie zu besuchen. Vielleicht hat sie das gekränkt. Wir wissen ja beide, wie empfindlich sie sein kann.

– Wem sagen Sie das? Die kleinste Kleinigkeit, und schon fällt sie über mich her. Die Zigaretten sind ausgegangen, oder ich habe nicht jeden Tag frische Handtücher hingelegt. Aber wenn es nur das wäre!

– Was meinen Sie, Fryda?

– Sie ist wahnsinnig eifersüchtig.

– Aber doch nicht auf mich!

– Auf alle. Früher hatte ich einmal einen Freund...

– Nur ein einziges Mal, Fryda?

– Naja, aber damals war es ernst. Ich hätte ihn fast geheiratet. Aber da hätten Sie Pani Josefine sehen sollen! Weißt du, was dein Simon ist? Ein ganz gewöhnlicher Gauner! Daß der mir ja nicht vor die Augen kommt, sonst kannst du was erleben. Und so weiter.

– Das haben Sie sich gefallen lassen?

– Ich habe meine Koffer gepackt und bin weggegangen. Das Dumme war nur, daß sie recht behalten hat. Dieser Simon, Sie hätten ihn sehen sollen, ein bildschöner Mann, aber dann habe ich gemerkt, daß er es auf mein Sparbuch abgesehen hatte. Drei Tage vor der Hochzeit wollte er es mir abluchsen. Da habe ich Schluß gemacht, und seitdem bin ich bei Pani Josefine geblieben.

– Ja, sie hat eben einen scharfen Blick. Man kann ihr nichts vormachen.

– Ha! Da sind Sie aber auf dem Holzweg. Ich könnte Ihnen Geschichten erzählen ... Bitte, nehmen Sie noch ein Gläschen.

Es dauerte noch eine Weile, bis sie mit ihrer Rache herausrückte. Josefines Liebhaber, sagte sie, waren keinen Deut besser als ihr Simon. Bis auf den Grafen

Heimito, der ein richtiger Gentleman war, haben diese Tagediebe die Pani Josefine nur ausgenützt.

– Und Sie haben nichts gesagt?

– Auf mich hört sie nicht. Das wissen Sie doch! Aber ich hatte auch meine Methoden.

– Zum Beispiel?

– Einem, der besonders aufdringlich war, habe ich am späten Abend die Schuhe im Heizungskeller versteckt. Vor dem Frühstück hat er sie überall gesucht. Am Ende mußte er in den Socken zu seinem Taxi humpeln. Mir hätte es besser gefallen, in einem ordentlichen Haus zu arbeiten. Aber daran war ja nicht zu denken. Manchmal ging es im Grunewald zu wie in einem Taubenschlag. Und wenn es dann Krach gab mit den Herren, wenn sie merkte, was das für Nieten waren, dann war sie am Ende mit ihren Nerven.

– Ist sie denn so zart besaitet, fragte ich.

– Man sieht es ihr nicht an, aber manchmal braucht es nicht viel, und sie weiß nicht mehr weiter. Damals, nach dem Debakel in Wien, schrie sie: »Meine Karriere ist zu Ende« und wälzte sich auf dem Boden. Sie hatte einen Nervenzusammenbruch. Ich mußte sie in die Schweiz bringen, in eine entsetzlich teure Zürcher Klinik, Birgerhölzel oder so ähnlich hieß sie. Drei Monate lang haben wir dort gehaust. Natürlich durfte es niemand erfahren. Am Ende mußte sie ihren ganzen Schmuck versetzen, genau wie damals in den zwanziger Jahren, als sie von zu Hause durchbrannte und nach Berlin ging. Um das Smaragd-Collier, das ihr dieser glatzköpfige

Herr Gerichtspräsident geschenkt hat, ihr letzter Ehemann, tut es mir heute noch leid. Lange hat sie ihn ja nicht ausgehalten. Er wollte nämlich immer verhaut werden, und das war nichts für Pani Josefine. Schwamm drüber, Friede seiner Asche!

Unterdessen hatten wir die halbe Flasche Žubrówka geleert. Josefine in der Psychiatrie! Das konnte ich mir nicht vorstellen. Sie mag ja ein wenig extravagant sein, dachte ich auf dem Heimweg, aber verrückt ist sie nicht. Sie ist nur viel zu gescheit, zu leichtfertig und zu eigensinnig für eine Sängerin, und das ist vielleicht ihr Unglück.

13. März

Hella *************. Meine stupide Angst ist verflogen. Eine Frau, die nicht klammert. Leidenschaft ohne Herrschsucht – ich hätte nicht gedacht, daß es das gibt. Vielleicht, weil ihre Mutter Brasilianerin ist?

Am Samstag Eintracht gegen Fortuna Düsseldorf. Hella hat sich geweigert mitzukommen. Angeblich haßt sie alles, was mit Fußball zu tun hat. Unglaublich! Ich war sofort bereit, auf das Spiel zu verzichten. Das hätte ich noch vor vier Wochen nicht für möglich gehalten.

Überstunden im Institut kommen für uns derzeit nicht mehr in Frage. Als Mildred gestern anrief und sagte, sie müsse am Dienstag zu einer wichtigen Tagung, Evangelische Akademie, und Wolfram sei in Geschäften unterwegs, habe ich ihr zum ersten Mal rundheraus gesagt, daß sie mich in Ruhe lassen soll.

– Aber könntest du nicht Miriam zu deiner alten Dame mitnehmen? Sie war ganz begeistert von ihrem Besuch im Februar.

– Ausgeschlossen, sagte ich. Du weißt, daß ich Miriam sehr gerne habe, und am Wochenende kann ich mir immer Zeit für sie nehmen. Aber ich habe auch meine Geschäfte, wie du es nennst, und möglicherweise sind sie sogar tragfähiger als Wolframs Unternehmungen, bei denen er noch jedesmal auf die Schnauze gefallen ist.

Sie hat einfach eingehängt. Offenbar glaubt sie immer noch, sie könnte über mich verfügen. Dabei ist sie es, die nicht erwachsen werden will. Was geht mich ihr ewiges Theater mit diesem Wolfram an, ihr ödes, kennerhaftes Gewäsch über Land Art und Videokunst, und ihre kleinkarierte Pädagogik!

Es fällt mir ja in diesen Tagen sogar schwer, für die Teestunde bei Josefine Interesse aufzubringen. Hella mitzubringen kommt natürlich nicht in Frage. Sie versteht nicht, warum ich an dieser »alten Hex«, wie sie sich ausdrückt, einen Narren gefressen habe. Ich weiß auch gar nicht, wie ich ihr das erklären soll.

Was sollte ich machen? Natürlich bin ich trotzdem hingegangen. Josefine hat sofort bemerkt, daß ich mit den Gedanken anderswo war. Ihr Gespür für solche Dinge ist untrüglich. Sie verstehe ja sehr wohl, daß ich andere Interessen hätte. In meinem Alter sei das schließlich kein Wunder. Ich versuchte, mich auf die Arbeit im Institut herauszureden.

– Was für ein miserabler Lügner Sie sind, lieber Joachim, fuhr sie sogleich dazwischen. Ein wenig mehr Phantasie, wenn Sie drauf und dran sind, mich im Stich zu lassen! Darum muß ich doch bitten. Ich möchte wetten, daß da diese Frau dahintersteckt, die Sie neulich erwähnt haben. Das sollte mich freuen. Wie heißt es doch in der Bibel: Es ist nicht gut, daß der Mensch allein sei – oder?

Ich glaubte ihr kein Wort. Blauäugig, allem Anschein zum Trotz, ist sie, glaube ich, nie gewesen, im Gegenteil. Sie ist abgefeimt. Und daß meine Naivität in den letzten paar Monaten sehr gelitten hat, daran ist Josefine schuld.

Ich habe das Thema gewechselt und bin bald nach Hause gegangen.

20. März

Aber gestern war es wieder ganz anders. Als ich eintrat, saß Josefine mit dem Rücken zu mir in ihrem Sessel und weinte. Ich war bestürzt. Habe ich ihr Unrecht getan? Vielleicht ist sie doch nicht so abgebrüht, wie ich dachte?

– Geh, Fryda! Verschwinde! rief sie, und zu mir sagte sie: Sie könnten mir wenigstens Ihr Taschentuch leihen.

Offenbar hielt sie sich an die alte Regel: *Pas devant les domestiques*! Ich stand da und wußte nicht, was ich sagen sollte. Nach dem Grund für ihre Depression zu fragen wagte ich nicht. Sie wischte sich die Tränen aus dem Gesicht, und sofort war sie wieder obenauf. Ja, sie lachte sogar.

– Machen Sie sich nichts daraus, mein Lieber. Wo sind

meine Zigaretten? Fryda, Fryda! Und wo bleibt der Tee?

Beunruhigend, dieser blitzschnelle Stimmungsumschwung. Früher hätte man das Hysterie genannt. Aber vielleicht war es auch nur ihre Entschlossenheit, unter allen Umständen Haltung zu bewahren. Wenn es so etwas gibt wie eine Stehauffrau, dann ist sie es. Sie wirkte geradezu aufgekratzt und fing unverzüglich an zu monologisieren.

– Ich hoffe, es stört Sie nicht, daß ich geweint habe. Weinen ist umweltfreundlich und gesund. Sie sollten es probieren. Ein Luxus, den ich mir hin und wieder leiste. Ein bißchen Wasser, Kochsalz, Lipide, Glukose, Harnstoff, Vitamin C, Immunoglobuline, Enzyme – das ist alles. Wenn Sie nicht genügend heulen, drohen Jucken, Brennen, Stechen, Scheuern und Blinzeln. Sie sollten es probieren! Sie laufen sonst Gefahr, daß Ihr Tränensee austrocknet. Lachen Sie nicht, der heißt wirklich so, *lacus lacrimalis*. Wenn der Tränenfilm reißt, kommt es zu Entzündungen, Rötung und Schleiersehen. Und dann, mein Lieber, wird es dunkel. Woher ich das alles weiß? Nun, davon hatte ich natürlich keine Ahnung, aber manches bleibt hängen von dem, was einem eifrige Menschen alles erklären, wenn man ihnen zuhört. Da gab es diesen charmanten Professor, Weinberg hieß er, Chefarzt an der Charité, der hat mich einmal behandelt. Er war sehr lieb, und er wußte einfach alles. Sie sind doch selber Wissenschaftler, wenn auch nur Ökonom, also kennen Sie sich gewiß aus mit der einschlägigen Fachliteratur, und die gibt es für alles und jedes, sogar für die Tränen.

Allerdings war ich auf die Dauer seinen Vorträgen nicht gewachsen.

(Von wegen »hängenbleiben«! Auf einem ihrer kleinen Tischchen habe ich neulich ein zerfleddertes Handbuch entdeckt: *Physiologie des Menschen.* Als Leserin ist Josefine ein Omnivor, sie verschlingt alles. Und wenn sie dann irgendein Zitat hervorkramt, tut sie so wegwerfend, als wäre es ihr rein zufällig eingefallen, und erfindet eine passende Geschichte dazu.)

– Manchmal denke ich, fing sie wieder an, daß es gesünder ist, das meiste zu ignorieren. Ich habe ja nie etwas gelernt, kein Abitur, in der Schule null Interesse für Latein und Botanik. Offen gestanden, von der Universität halte ich noch viel weniger. Nicht wie Sie, lieber Joachim. Sie sind ein gebildeter Mensch und müssen daran glauben. Ich möchte wetten, daß Sie zu den Frühaufstehern gehören. Das ist nichts für mich. Was man unbedingt braucht, das kann man ganz allein in sechs Wochen lernen, ein bißchen Lesen und Schreiben, das Einmaleins und so weiter. Wenn ich daran denke, daß ich acht Jahre in der Schule vertrödelt habe!

Sie kannte, wie immer, kein Maß und kein Ziel. Ich lachte sie aus.

– Was für ein Unsinn, Josefine! Ich bin sicher, Sie haben in der Schule ganz andere Dinge gelernt.

– Was denn?

– Die tausend Tricks, die man braucht, um durchs Leben zu kommen. Freund- und Feindschaften, wie man sich gegen Autoritäten zur Wehr setzt, Bündnisse und

Verrätereien. Mit einem Wort: alles, worauf es ankommt in der Politik. Denn die beginnt in der Schulklasse. Den Rest vergißt man wieder, die Jahreszahlen, die unregelmäßigen Verben und das periodische System …

– Sie haben recht, sagte sie, lehnte sich zurück und zündete sich eine neue Zigarette an.

Das ist eines ihrer Lieblingsgambits. Sie ereifert sich, fängt ein Wortgefecht an, und dann gibt sie mir nichts dir nichts nach, als wäre es ihr gar nicht darauf angekommen, und schlägt sich auf die andere Seite.

Kein Wort über Hella, und keine Spur von Selbstmitleid. Manchmal bewundere ich sie.

25. März

Gestern abend hat mich ein Kollege aus Leningrad angerufen, in dessen Datscha an der Ostseeküste wir vor Jahren ein Wochenende zugebracht haben, Nadja und ich. Weiße Nächte am Meer und russische Nervenkrisen. Der Mann arbeitet in der Akademie der Wissenschaften. Er brauchte ein paar Auskünfte zur Frage der Transferrubel. Ich fragte ihn, ob er Nadja in der letzten Zeit getroffen habe und wie es ihr gehe.

– Sie wissen von nichts? sagte er nach einer längeren Pause. Ich habe mich schon gewundert, daß Sie nicht zur Beerdigung gekommen sind. Nadja ist vor vier Wochen gestorben. Es tut mir leid, daß ich der erste bin, von dem Sie es erfahren.

Ich zitterte. Es dauerte eine Weile, bis ich mich soweit gefaßt hatte, daß ich ihn fragen konnte, was geschehen war. Er behauptete, das wisse er selbst nicht genau, doch ich hatte das Gefühl, daß er mir etwas verschwieg. Erst als ich ihn geradeheraus fragte, ob sie plötzlich ernsthaft erkrankt war oder ob sie sich das Leben genommen hatte, gab er zu, daß die Ärzte einen Selbstmord nicht ausschließen konnten.

Ich war wie vor den Kopf geschlagen. Hella war bei mir, und sie muß erraten haben, worum es sich handelte. Sie versuchte nicht, mich zu trösten, wofür ich ihr dankbar war, sondern ließ mich allein. Ich weiß nicht, ob ich in der Nacht ein Auge zugetan habe. Am Morgen rief ich im Institut an und meldete mich krank. Um die Mittagszeit kam Hella wieder.

– Du brauchst jetzt Zeit, sagte sie, und du brauchst Ruhe. Ich habe dir ein Flugticket nach Lissabon besorgt. Hier, die Hotelbuchung ist auch dabei. Du nimmst den Mietwagen und fährst nach Praia das Maçãs. Keine Sorge, das ist nicht in der Algarve, sondern am Atlantik. Man fährt ungefähr 40 Kilometer. Es ist ein kleines, einfaches Hotel. Ich kenne den Wirt. Er ist zuvorkommend und wird dich in Ruhe lassen.

Sie hatte recht. Im Institut machten sie keine Schwierigkeiten. Der Atlantik vor meinem Fenster ist schiefergrau. Man hat mir ein Becken mit glühenden Holzkohlen ins Zimmer gestellt.

4. April

Wieder zu Hause. Ich habe zehn Tage lang keinen Finger gerührt. Nichts gelesen, keine Nachrichten, kein Telephon, gar nichts. Zugesehen, wie meine frischen Fußspuren im Sand nach und nach durch die Dünung eingeebnet wurden.

An Josefine habe ich kein einziges Mal gedacht.

10. April

Es war Hella, die mir zugeredet hat. Es gebe Situationen, sagt sie, in denen seien Disziplin und Routine die einzige Rettung.

– Dienstagnachmittag bedeutet das: Tee mit deiner alten Hexe.

Da sie klüger ist als ich, habe ich nachgegeben, obwohl ich keine rechte Lust hatte.

– Und bring ihr Blumen mit, um sie zu versöhnen. Vergiß nicht, daß sie letzte Woche vergebens auf dich gewartet hat.

Ich habe mir Mühe gegeben und so lange die Blumenläden abgeklappert, bis ich die richtigen Rosen fand: *Crimson Glory*. Wenigstens hat die Floristin das behauptet.

Wie durch ein Wunder sind die üblichen Vorhaltungen und Sticheleien ausgeblieben. Weder Josefine noch Fryda haben sich etwas anmerken lassen. Die Blumen wurden gnädig aufgenommen. Daß es ihre Blumen waren, schien sie nicht zu merken. (Ich höre noch, wie sie einst beteuert hat: »O ja, von Rosen verstehe ich etwas. Komisch, woran man sich erinnert.«). Vielleicht mag sie gar keine Blumen?

– Sie haben wieder Ärger gehabt, ich sehe es Ihnen an.

Ich war auf der Hut. Sicherlich hatte sie erraten, daß mich etwas aus der Bahn geworfen hat. Ich kenne ja ihren diabolischen Spürsinn in solchen Dingen. Doch war ich fest entschlossen, das Desaster mit Nadja mit keiner Silbe zu erwähnen. Aber ich hatte mich getäuscht. Sie wollte auf etwas ganz anderes hinaus.

– Ihr Institut – ich nehme an, es ist, wie alle solche Einrichtungen, eine Schlangengrube. Ganz gleich, ob es sich um eine Krankenkasse, eine Parteizentrale oder ein Opernhaus handelt, es ist immer dasselbe. Ein Hauen und Stechen, und darüber vergessen die Kampfhähne und die Kampfhennen, wozu das Ganze eigentlich gedacht war.

Ich war erleichtert, daß sie sich diesmal auf ein neutraleres Thema besonnen hatte.

– O ja, Josefine, davon könnte ich ein Lied singen, sagte ich. Aber wozu? Es sind weniger die Intrigen, die mich stören; davor schütze ich mich durch Unkenntnis; ich wüßte gar nicht zu sagen, was die Kollegen mit Fräulein Lehmann zu flüstern haben. Fräulein Lehmann ist die Stallwache im Vorzimmer, die den Zugang zu unserm Herrn Direktor kontrolliert.

– Genau wie beim Intendanten, dessen höchstes Ziel es ist, Generalintendant zu werden. Was sich auf der Bühne abspielt, ist für ihn Nebensache.

– Wenn es nur die Eitelkeit wäre! Bei meiner Arbeit ist es eher die Dummheit, die mir zu schaffen macht. Eine zähe, anonyme, unbesiegbare Macht, die über den Büros liegt wie der Smog über der Stadt.

– Ich dachte, Sie hätten es mit lauter intelligenten Leuten zu tun.

– Sie machen sich lustig über mich. Ich weiß doch, wie wenig Sie von meiner Wissenschaft halten. Im übrigen schließen sich Dummheit und Intelligenz nicht aus. Ich fürchte sogar, sie ergänzen einander.

– Wunderbar, wie Sie das sagen, Joachim! Aber ich höre aus Ihren Worten so etwas wie Empörung heraus. Glauben Sie mir, das wäre ein Fehler. Es hat keinen Sinn, sich über eine Himmelsmacht zu ärgern, und damit haben wir es hier zu tun. Wenn ich über die Dummheit nachdenke, gerate ich förmlich ins Schwärmen. Welcher Reichtum an Spielarten, welche Vielfalt! Was für subtile Unterschiede! Ein Wunder der Natur und der Zivilisation. Die männliche Idiotie und die weibliche Dämlichkeit, da liegen doch Welten dazwischen.

– Oder zwischen der simplen Blödigkeit und dem eisernen Stumpfsinn der Macht.

– Der gebildeten Borniertheit …

– … und dem Delirium des Mobs.

Wir riefen einander die Stichworte zu und verfielen in eine Art Sprechgesang.

– Dummschlaue Geschäftemacher.

– Verbohrte Fanatiker.

– Dünkelhafte Experten.

– Debile Randalierer.

– Die betongewordene Dummheit der Institutionen. Ach ja, die hatten wir schon. Und dann die Forscher mit ihren fixen Ideen, die sie mit maulwurfsartiger Sturheit verfolgen. Oh, verzeihen Sie – Anwesende sind natürlich ausgenommen! Das gilt auch für mich. Ich neige ja eher zur Torheit, vermutlich sind das die Hormone. Mit dem Alter läßt das glücklicherweise nach. Nein, ohne die Dummheit geht es nicht. Sie gehört zu den stärksten Waffen, über die ein Mensch verfügt. Sie kennen doch den Dummen, der sie strategisch einsetzt?

– Wie denn das?

– Indem er sich noch dümmer stellt, als er ist. Damit gewinnt er eine Art Überlegenheit, vor der man kapituliert. Nicht zu vergessen die empörende Dummheit der meisten Kriminellen. Um zu Geld zu kommen, überfallen diese Trottel eine Bank, bringen eine Geisel um und landen für zwanzig Jahre im Knast. Verglichen mit denen ist jeder erstbeste Hochstapler ein Genie. Ich hatte einmal einen Freund, der sich auf *white collar crimes* spezialisiert hat. Eine Menschenkenntnis hatte dieser Mann, einen Charme! Niemand hat mehr von der Dummheit der andern verstanden als er, und wenn er nicht gestorben ist, so lebt dieser Glückspilz heute noch in Costa Rica.

– Den Besten aber haben wir vergessen, Josefine. Ich meine den Dorfdeppen.

– Die heilige Einfalt.

– Eine ehrwürdige Erscheinung.

– Leider gehört sie zu den bedrohten Arten.

– Und wir beide?

– Zwei Dilettanten, die mit den Spezialisten der Hirnlosigkeit nicht mithalten können.

– Man tut, was man kann. Jeder nach Maßgabe seiner Fähigkeiten.

Diesmal schieden wir in völliger Eintracht.

17. April

Zu früh gefreut. Gestern hat sie mich doch noch ausgefragt, aber durchtrieben, wie Josefine ist, hat sie es sehr vorsichtig angefangen.

– Stellen Sie sich vor, was mir passiert ist, rief sie, kaum daß ich eingetreten war. Ich habe Post von meinem Mann bekommen!

Sie hielt ein kleines, eng bekritzeltes Blatt in die Höhe. Fryda hob die Augen gen Himmel, als wisse sie, was Pani Josefine mir zu eröffnen gedachte.

– Von Ihrem Mann? Aber, wenn Sie mir diese Frage gestatten, von welchem Ihrer Gatten? Ich fürchte, ich habe da ein wenig den Überblick verloren.

– Sie übertreiben, Joachim. Es waren doch nur drei. Was den ersten und den dritten angeht, so haben sie längst das Zeitliche gesegnet. Nein, dieses Briefchen stammt von Mr. Rowley, dem Amerikaner. Damals muß er schwerreich gewesen sein, Zinnminen, Eisenbahnen, was weiß ich, jedenfalls hat er mit dem Geld um sich geschmissen, daß es eine Freude war. Und jetzt sitzt er in einem Altersheim in Philadelphia. Schauen Sie sich das Briefpapier an. Ziemlich schäbig, nicht wahr? Der Ärmste! Er muß wohl über neunzig sein. Rührend, aber ich weiß beim besten Willen nicht, was ich ihm antworten soll. Ich kann mich gar nicht mehr erinnern, wie er ausgesehen hat. War er nicht ziemlich klein, Fryda?

– Einssechzig.

– Tatsächlich! Na, es hat ja auch nicht lange gedauert. Manchmal frage ich mich, warum es keiner länger als ein dreiviertel Jahr mit mir ausgehalten hat. Und umgekehrt natürlich. An den armen Kerlen kann es doch unmöglich allein gelegen haben.

– Vielleicht war es nicht die wahre Liebe, sagte ich, nur um keine Pause entstehen zu lassen.

– Schön, wie Sie das sagen! Aber die gute alte Liebe, mein Freund, ist sie nicht etwas derart Unwahrscheinliches, daß man sich fragen muß, wie die Menschheit darauf verfallen konnte? Der oder die einzig Richtige! Wie soll man diese Person eigentlich finden unter ein paar Milliarden von Möglichkeiten? Früher war das anders. Die Metzgerstochter hat in ein gutgehendes Geschäft eingeheiratet, der Bauer konnte seine Wiesen arrondieren, und das Ärgste, was einer Familie aus dem Gotha passieren konnte, war eine Mésalliance. Ja, lachen Sie nur! Man war nicht verliebt, man machte eine Partie, das sagt alles. Ich jedenfalls bin weit davon entfernt, mich zu beklagen. Heutzutage ist das natürlich anders. Man muß sich über die Waghalsigkeit der Leute wundern. Jede Liebesheirat stellt ein aberwitziges Risiko dar, ein Risiko, wie es kein Roulettespieler eingehen würde. Na ja, die wichtigsten Dinge im Leben werden sowieso gegen alle Wahrscheinlichkeit entschieden. Auch die Zeugung von Nachkommen ist schließlich ein tollkühnes Unterfangen.

– Wenn es das Menschengeschlecht auf Sicherheit

abgesehen hätte, wäre es vermutlich längst ausgestorben.

– Übrigens, da fällt mir Ihre Natascha oder Nadja ein. Was ist eigentlich aus ihr geworden? Alles in Ordnung mit Ihrer Scheidung?

Also doch! Sie kann es einfach nicht lassen. Aber diesmal gab ich nicht nach. Josefine von Nadjas Tod zu erzählen, dazu war ich nicht bereit.

– Ein abgeschlossenes Kapitel, sagte ich nur und verstummte.

– Keine Schuldgefühle?

– Ihnen sind solche Regungen vermutlich unbekannt, Josefine.

– O nein. Aber ich gehe sparsam mit ihnen um. Wozu soll ich mir an die Brust schlagen, wenn niemand etwas davon hat? Solange man etwas gutmachen will, falls man dazu aufgelegt und imstande ist – meinetwegen. Aber sonst? Sie vergeuden Ihre Gefühle, lieber Joachim! Habe ich Ihnen nicht eingeschärft, daß das rare Ressourcen sind, mit denen Sie haushalten müssen? Sie sind doch Ökonom, nicht wahr? Dann verstehen Sie gewiß, was ich meine.

– Aber Josefine, ich erkenne Sie nicht wieder! Ich weiß noch, wie Sie mir ein Loblied auf die Verschwendung gesungen haben.

– Das ist etwas anderes. Dabei ging es nur um das Geld. Und Geld ist immer genug vorhanden, wenn auch bloß in den Taschen der andern.

– In diesem Fall hat mein Geld nicht geholfen.

– Das wundert mich nicht. Denn das Problem Ihrer Nadja war nicht, daß sie verlassen worden ist. Glauben Sie mir, diese russische Schönheit war schlichtweg verrückt. Nein, protestieren Sie nicht! Ich weiß, was ich sage. Ich habe nämlich selber einmal ein paar Monate in einem Irrenhaus zugebracht, allerdings unter recht luxuriösen Umständen. Also hören Sie auf, sich mit dem Ende Ihres Romans abzuplagen. Dafür können Sie nichts. Der Unschuldige, heißt es, muß Haare lassen. Aber soll er sie sich selber ausraufen? Das geht zu weit. Schonen Sie Ihren stattlichen Schopf, mein Lieber, und leben Sie wohl.

Ich gestehe, daß mir Josefines Ermahnungen, so abgedroschen sie sein mochten, gutgetan haben. Meine unfreiwillige Therapeutin hat mir geholfen, obwohl sie nicht wissen konnte, was in Leningrad vorgefallen war.

Übrigens frage ich mich oft, wo Josefine die altertümlichen Wendungen herhat, die sie bevorzugt. »Sich an die Brust schlagen«, oder »das Zeitliche segnen« – das hört sich ja geradezu biblisch an. Freilich, sie muß um das Jahr 1915 geboren sein, und damals hat man wohl in ihren Kreisen so geredet. Mich amüsiert diese anachronistische Sprache. Ich habe mich dabei ertappt, daß ich neulich in einer Sitzung das Wort *degoutant* gebraucht habe. Es ging um eine Äußerung aus dem Zentralbankrat. Die Kollegen haben mich angesehen, als spräche ich Chinesisch.

Mit meinem Sommerjob in Amerika wird es allmählich ernst. Hella scheint nicht abgeneigt, mitzukommen. Ohne sie würde ich nicht fahren.

24. April

Gut, daß ich gestern pünktlich da war. Fryda stand bereits unter der Tür und winkte mich stumm herein. Ich sah Josefine bewußtlos auf dem Teppich liegen. Sie war sehr blaß, hatte die Augen geschlossen, und ich bemerkte, daß sie sehr flach atmete.

– Ein Herzinfarkt? Schnell! Verdammt, ihr habt ja kein Telephon. Ich laufe zur nächsten Zelle und rufe den Notarzt.

– Nein. Holen Sie lieber Dr Feilchenfeldt, Herr Joachim. Der weiß Bescheid. Hier, ich gebe Ihnen seine Nummer. Auf keinen Fall will Pani Josefine ins Krankenhaus. Sie hat es verboten. Es ist nicht so schlimm, wie Sie denken. Nach einer Weile kommt sie wieder zu sich. Ich kenne das. Es ist doch immer dasselbe mit ihr!

Den Weg zur Telephonzelle kannte ich zur Genüge. Ich rannte hinaus. Dr Feilchenfeldt war sofort am Apparat. Dann saßen wir im Salon und warteten auf ihn.

– Man muß sie liegen lassen, sagte Fryda. Das ist das Beste. Der Doktor hat sie schon beim letzten Mal gewarnt, aber sie hört ja auf niemanden. Immer diese stinkenden Zigaretten! Wenn Sie mich fragen, ist sie selber schuld.

Der Arzt mußte in der Nähe wohnen, denn es dauerte keine fünf Minuten, bis er erschien. Ein hagerer Herr mit einem ergrauten Backenbart, der seinen steifen Hut abnahm und die altmodische Hebammentasche, die er trug, vorsichtig auf dem Teppich absetzte. Er kam mir vor wie ein Wiedergänger aus Josefines Glanzzeiten.

Offenbar hatte er schon von mir gehört, denn er fragte nicht, wer ich war und was ich hier zu suchen hätte. Während er ihren Puls nahm und den Blutdruck maß, warf er mir einen prüfenden Blick zu. Dann murmelte er seine Diagnose vor sich hin. Ich verstand nur ein paar Worte, die mir kaum etwas sagten: Ja ja, wie immer. Puls dreißig bis fünfunddreißig, Synkope mit Bradyarrhythmie als Auslöser, Tonusverlust und so weiter, und dann fügte er, an mich gewandt, hinzu:

– Keine Sorge, das gibt sich wieder. Sieht schlimmer aus, als es ist. So eine Ohnmacht tritt ganz plötzlich auf und endet ebenso spontan. Es ist ja nicht das erste Mal, daß ich die Patientin so sehe.

– Eine chronische Herzgeschichte? Wie gefährlich kann das werden?

– Das ist schwer zu sagen. Ich stelle seit Monaten ein Vorhofflimmern oder Flattern fest. Aber eine Operation kommt ohne ihre Einwilligung nicht in Frage. Sie kennen Madame, dann wissen Sie ja, wie eigensinnig sie ist. Sie pfeift auf meinen Rat und hält sich nicht an meine Anweisungen.

Fryda wischte ihrer Herrin den Schweiß aus dem Gesicht, und die schlug bereits wieder ihre Augen auf.

– Oh, Dr Feilchenfeldt! Wie nett von Ihnen, daß Sie gekommen sind. Geben Sie bitte Fryda meine Arznei. Keine Sorge, wir kommen zurecht.

Erst in diesem Moment erblickte sie mich, und ich glaubte in ihren Augen Tränen zu sehen. Aber diesmal waren es Tränen des Zorns.

– Ich bedaure, Ihnen lästig zu fallen, sagte sie.

– Davon kann keine Rede sein.

– Bitte gehen Sie, Joachim! Lassen Sie uns allein.

Ich verstand. Sie hatte mich wieder einmal hinters Licht geführt, und nun genierte es sie, daß sie vor mir mit ihrer eisernen Gesundheit geprahlt hatte, obwohl sie offenbar an einer chronischen Herzgeschichte litt. Und weil sie jede Krankheit als Demütigung empfand, wollte sie keinen Zeugen ihrer Schwäche dulden.

Ich gab nach, wie immer.

1. Mai

Unsere Abreise nach Boston rückt näher. Meinen ganzen Kram aus dem Institut habe ich bereits eingepackt. Ich bringe es nicht fertig, Josefine zu beichten, daß es in den nächsten drei Monaten keine Teestunden mehr geben wird. Gerade jetzt, wo ihr Zustand so prekär ist, fällt es mir schwer, sie »im Stich zu lassen«, wie sie es nennt.

Gestern ist mir das fällige Geständnis noch erspart geblieben. Endlich blendendes Frühlingswetter. Fryda hat mich am Gartentor empfangen und erklärt, daß Pani Josefine sich entschuldigen lasse, sie sei müde. Nichts Beunruhigendes, ihr Zustand sei stabil, der Arzt habe ihr versichert, daß keine akute Gefahr bestehe. Ob es mir recht wäre, wenn wir in den Garten gingen, jetzt, wo schon die ersten Pfingstrosen blühten?

Wirklich sah der verwilderte Garten sehr einladend aus. Fryda hatte einen Tisch und ein paar grüne Klappstühle aufgestellt, und sie ließ es sich nicht nehmen, den gewohnten Tee zu bringen. Ich fragte Fryda, ob sie sich auch noch um die Gartenarbeit kümmern müsse.

– Die Kinder haben ja allerhand Verwüstungen angerichtet. Die Tür des Schuppens, und die Scherben im Haus.

– Ach, die haben doch nur ein wenig Leben ins Haus gebracht. Und wie geht es Ihrer Nichte? Warum haben Sie sie nie wieder mitgebracht? Miriam heißt sie, nicht wahr? Ein hübsches Mädchen, und so lebhaft!

– Josefine wäre nicht begeistert gewesen.

– Sagen Sie das nicht! Sie hat damals, in Berlin, ein Kind verloren, und seitdem ist sie nie wieder schwanger geworden. Das ist schlimm für eine Frau, wissen Sie.

– Und was ist mit Ihnen, Fryda?

– Ich hätte auch gern Kinder gehabt, drei oder vier. Aber es ist nichts daraus geworden. Bei dem Leben, das wir geführt haben ... Die meiste Zeit haben wir aus dem Koffer gelebt. Und Sie, wann werden Sie Kinder kriegen?

– Wer weiß.

– Das sagt man so lange, bis es zu spät ist.

Pause. Ich faßte mir ein Herz und sagte ihr, daß wir demnächst für ein Vierteljahr nach Amerika gingen.

– Wir? fragte sie, mit einem wissenden Lächeln. Ich habe gleich etwas gemerkt. Denn seit ein paar Wochen sind Sie ganz anders. Und Pani Josefine haben Sie nichts davon verraten?

– Sie wird enttäuscht sein, wenn ich sie nicht mehr besuchen kann.

– Machen Sie sich keine Sorgen, Herr Joachim. Zäh wie eine Katze ist sie, auch wenn sie manchmal tut, als wäre sie die Prinzessin auf der Erbse. Ich hoffe, Sie haben viel Glück in Amerika. Aber Sie kommen doch wieder?

Das konnte ich ihr mit gutem Gewissen versichern. Aber daß ich mich Hella zuliebe vom Fußball verabschiedet habe, das habe ich Fryda, dieser treuen Seele, verschwiegen.

8. Mai

Wir sitzen auf gepackten Koffern. Morgen fliegen wir nach Boston. Gestern habe ich mich von Josefine verabschiedet, und zwar nicht allein. Ich habe Hella mitgebracht, damit sie sich endlich selber ein Bild von der »alten Hex« machen konnte. Das war ein kalkuliertes Risiko. Aber wir wurden auf das liebenswürdigste empfangen; nicht nur hatte sich Josefine von ihrem Schwächeanfall erholt, sie sah, so seltsam das bei einer Fünfundsiebzigjährigen klingt, blühend aus und schien erfreut, als ich ihr Hella vorstellte.

– Wissen Sie auch, sagte sie sofort, daß Ihr Joachim ein Geheimniskrämer ist? Er wollte mir partout nichts von Ihnen erzählen.

– Auch von Ihnen hat er mir nicht viel verraten.

– Kommen Sie, ich zeige Ihnen unsern Garten.

Ich blieb allein im Salon und sah aus dem Fenster, wie die beiden miteinander schwatzten, als wären sie alte Bekannte; wahrscheinlich amüsierten sie sich auf meine Kosten.

– Sie haben Josefine berichtet, daß wir uns für eine Zeitlang verabschieden müssen? fragte ich Fryda, die mir wie immer den Tee servierte. Wie hat sie es aufgenommen?

– Achselzuckend. Ich glaube, sie hat damit gerechnet.

– Sie ist heute ganz besonders gut aufgelegt.

– Das macht das gute Wetter. Morgen, wenn es regnet, wird sie mich wieder ausschimpfen und sich beklagen, daß Sie verreist sind, als wäre ich daran schuld.

Die beiden Damen traten wieder ein. Josefine hatte die Hand auf Hellas Schulter gelegt, eine Geste, die mir verdächtig vorkam.

– Ich weiß alles, erklärte sie. Daß Sie ehrgeizig sind, Joachim, das ist mir von Anfang an klargewesen. Deshalb ist Ihnen wohl Ihr Institut hier zu klein und zu provinziell geworden? Soviel Ambition ist schön, wenigstens in Ihrem Alter. Später kann sie allerdings lästig werden. Passen Sie gut auf ihn auf, Hella, damit er es nicht übertreibt.

– In letzter Zeit hat sein Arbeitseifer schon etwas nachgelassen. Dafür habe ich gesorgt.

– Nun, mein Lieber, wieviel Erfolg in Amerika soll ich Ihnen wünschen? Was sagen Sie, Hella? Möchten Sie den Rest Ihres Lebens auf so einem Campus zubringen, einem luxuriösen Ameisenhaufen, wo es von strebsamen Menschen wimmelt? Denken Sie daran, auch der Erfolg wird bestraft. Mir hat er eine Menge Mißgunst eingebracht. Aber damit werde ich Sie nicht langweilen.

– Jedenfalls haben Sie stets Ihre Unabhängigkeit verteidigt, Josefine.

– Ja, auf die war ich schon als Kind versessen. Aber ich frage mich, ob das nicht eine Wahnvorstellung ist. Immer sitzt da jemand im Besetzungsbüro, der einem übelwill, oder man hat es mit einem Agenten zu tun, der die halbe Gage unterschlägt! Und heute? Glauben Sie, ich hätte nicht gemerkt, daß Sie es waren, Joachim, der mir den glatzköpfigen Herrn ins Haus geschickt hat, damit er unsere Heizung repariert? Übrigens, von Dr Feilchenfeldt bin ich auch abhängig. Ohne den wäre ich verloren.

– Und von Fryda.

– Ja, Fryda! Wo bleibt sie denn? Der Tee ist schon wieder kalt. Sie macht, was sie will, meine Fryda. Meinetwegen. Die paar Monate, die mir bleiben, werden wir auch noch miteinander aushalten.

– Warum so pessimistisch, Josefine? Ich finde, das steht Ihnen nicht.

– Was reden Sie da, mein Freund? Pessimismus ist etwas für Leute, die sich nicht vorstellen können, daß es der Welt auch dann noch gut-, wenn nicht sogar bessergehen wird, wenn sie einmal nicht mehr da sind.

Ich wäre gern noch länger geblieben, aber Hella mahnte zum Aufbruch.

– In drei Monaten, sagte sie, sehen wir uns wieder.

Ich habe Josefine keine Rosen zum Abschied geschickt, aber einen Kurier mit ein paar Flaschen Žubrówka für Fryda.

15. September

Erst heute komme ich dazu, dieses Heft wieder in die Hand zu nehmen. Es ist jetzt ein Jahr her, daß ich es begonnen habe, und dies wird mein letzter Eintrag sein.

In Cambridge hatte ich mehr als genug zu tun. Man bleibt dort entweder ein bloßer Zuschauer, oder man stürzt sich in den Konkurrenzkampf um die besseren Ideen. Dabei geht es höflich, aber gnadenlos zu. Diese Form der Ausbeutung ist anstrengend, aber mich hat sie beflügelt. Ich weiß jetzt, wie ich weiterkomme mit meiner Habilitation. Die ersten Kapitel sind in Rohfassung fertig. Auch Hella hat sich in ihre Arbeit vertieft. Anfangs war sie auf heftige politische Wortgefechte mit den Gringos gefaßt, aber bald mußte sie feststellen, daß unter den Leuten, mit denen wir zu tun hatten, kaum Anhänger der Bush-Administration zu finden waren, so daß ihre Attacken ins Leere liefen. Anfang August haben wir uns zwanzig Tage lang freigenommen und sind in den Westen des Landes gefahren, über die Rockies nach Oregon, und dann an der Pazifikküste entlang bis zur mexikanischen Grenze. In trostlosen Motels saßen wir nachts vor dem Fernseher und verfolgten atemlos den Moskauer Putsch gegen Gorbatschow und den Tag für Tag fortschreitenden Zerfall der Sowjetunion.

Nur sehr selten habe ich an Josefine gedacht. Einmal, als wir einen Schubert-Abend in der Pickman Concert Hall besuchten, fiel mir siedendheiß ein, wie sie an jenem Nachmittag bewußtlos auf dem Boden lag. Am andern Tag habe ich ihr einen langen Brief geschrieben;

mit ihr zu telephonieren, daran war ja nicht zu denken. Auch Hella hat es mit einigen dieser albernen vorgedruckten Postkarten versucht, die man in Amerika für jeden denkbaren Anlaß findet, und sogar an Fryda habe ich mich mit einer insistierenden Nachfrage gewandt – alles vergebens. Mehr als einmal habe ich Josefines Eigenbrödelei verflucht. Es war absurd, wie sie sich im Zeitalter der Satelliten in ihrer Villa verschanzte, so als läge die Kastanienallee auf einem anderen Planeten. Kurzum, wir haben uns ihretwegen Sorgen gemacht, und mit der Zeit haben wir diese Sorgen wieder vergessen.

Vor vierzehn Tagen sind wir an einem Sonntag früh um sieben Uhr morgens in Frankfurt gelandet. Die Nachbarn hatten die Post von drei Monaten im Korridor aufgestapelt, und der Anrufbeantworter drohte mit allerhand wichtigen Angelegenheiten, Fragen, die sich längst erledigt hatten. Am Montag machte ich dem Institut meine Aufwartung. Man war sehr kollegial, behandelte mich aber mit einer gewissen Nachsicht, so als hätte ich, statt beim MIT zu schuften, auf einer romantischen Urlaubsreise mit Hella mein Zeitkonto überzogen.

Ungeduldig erwartete ich den Dienstagnachmittag, und mit einer Spur von schlechtem Gewissen machte ich mich auf den Weg zur Kastanienallee.

Schon von weitem habe ich den Bauzaun gesehen. Vier Männer mit gelben Helmen waren damit beschäftigt, auf dem abgesperrten Gehweg die Fundamente für einen Kran zu legen. Das Haus stand noch, aber es sah unbewohnt aus. Ein Lastwagen parkte neben einem riesigen Müllcontainer vor dem Eingang. Ich trat näher. Auch das Gartentor war verschwunden. An seiner Stelle gab es eine Brettertür zum Grundstück, die offenstand. Zwei Männer, die einen Schrank trugen, kamen mir entgegen. Dann erschien Fryda mit einem schweren Pappkarton in den Armen, den sie vor die Haustür schleppte. Dort hatte sie einen Klappstuhl hingestellt, neben dem sie einen von Josefines sündhaft teuren moosgrünen Lederkoffern und ein paar riesige Rascheltaschen aus Nylon aufgebaut hatte, von der bunten Art, wie sie im Osten und auf dem Balkan üblich sind. Sie bemerkte mich nicht, ließ sich in aller Ruhe auf ihrem Stuhl nieder und nahm ein Täschchen zu Hand, das mir bekannt vorkam, denn es war mit kleinen Perlen bestickt. Wie lange war es her, daß ich sie dem Dieb aus der Hand riß, der Josefine auf offener Straße beraubt hatte? Fast auf den Tag genau ein Jahr. Aber es war mir, als läge dieser Zwischenfall viel länger zurück.

Fryda fing an in einem Buch zu blättern, das sie aus Josefines Handtasche hervorgeholt hatte. Dann blickte sie eine Weile ins Leere und dachte nach. Sie muß mich plötzlich erkannt haben, denn sie winkte mir zu und rief.

– Da sind Sie ja wieder. Ich habe auf Sie gewartet, Herr Joachim.

– Was ist geschehen, Fryda? Was geht hier vor?

– Ich hätte Sie ja angerufen, aber wie? Sie waren doch in Amerika. Pani Josefine ist nämlich am Freitag vor drei Wochen gestorben, mitten in der Nacht. Ich habe es erst am andern Morgen gemerkt und gleich den Doktor geholt. Er sagt, es sei ganz plötzlich zu Ende gegangen. Sie wissen ja, es ging ihr nicht so gut in der letzten Zeit. Er wollte sie schon nach dem letzten Mal in die Klinik bringen, aber sie hat sich entschieden geweigert. Lassen Sie mich in Ruhe, hat sie geschrieen, ich bleibe hier. Vielleicht war es besser so.

Ich nahm ihr das Buch aus der Hand und setzte mich neben sie auf die Treppenstufen. Es war ein kleines, in Saffianleder gebundenes Photoalbum, das sie gerettet hatte. Mir fiel nichts Besseres ein, als sie zu fragen:

– Warum sitzen Sie hier, Fryda? Sie werden sich erkälten.

– Da drinnen sieht es aus wie in einem Saustall. Besenrein, hat es geheißen. Alles haben sie weggeschleppt, die Möbel, die Teppiche, sogar das Tafelsilber und die Kronleuchter. Aber keiner von denen hat einen Besen in die Hand genommen.

– Aber wie ist denn das möglich? Wer hat das erlaubt? Oder sind es Plünderer, die über Ihr Haus hergefallen sind? Wir sind hier doch nicht im Kongo!

– Ach, wissen Sie, Herr Joachim, das Haus gehört schon lange nicht mehr Pani Josefine. Es war ja bis übers Dach verpfändet. Die Bank hat ihr im Frühjahr sogar das bißchen Schmuck weggenommen, das wir noch hatten, wegen der Schulden, und jetzt wollen sie das ganze Inventar versteigern.

– Wie lange ist das schon gegangen?

– Ach, so ist es doch von jeher bei uns gewesen. Solange Geld da war, hat sie es immer mit vollen Händen hinausgeschmissen. Ihre halbe Gage hat sie verschenkt. Ich habe geschimpft, aber sie hat nicht auf mich gehört. Da konnte ja jeder kommen. Das sind die reinsten Pumpgenies, diese Musiker, die Sängerinnen, und dann ihre windigen Liebhaber! Aber glauben Sie, einer von denen hätte ihr jemals auch nur eine Mark geliehen, nachdem Schluß war mit ihrer Karriere? Dieses Lumpenpack! Die reinsten Geier!

Auf hartnäckiges Befragen hat sie mir dann gestanden, daß die beiden zuletzt von Frydas Rente gelebt haben. Das Wort »Wiedergutmachung« hat sie mit einer Spur von Verachtung ausgespuckt. Wegen ihrer ermordeten Mutter, sagte sie, dem Haus des Rabbis in Hirschberg und einem Grundstück, das ihre älteste Schwester lange vor dem Krieg in Berlin gekauft hatte. Fryda war es auch, die sich nach Josefines Tod um alles gekümmert hat. Sie hat die Beerdigung bezahlt, mit dem Friedhof und mit der Bank verhandelt und sich mit den Behörden herumgeschlagen.

– Lauter Papiere vom Gericht, die ich unterschreiben mußte, sagte sie, wegen der Erbschaft. Pani Josefine hat ja immer davon gesprochen, schon damals in Berlin, daß sie mich »bedenken« wollte, in ihrem Testament. Ich habe es in ihrer Nachttischschublade gefunden, es war aus dem Jahr 1936. Sie hat es ja gut gemeint; ich sollte alles erben, aber ich kannte sie doch. Ich wußte immer, daß da kein Pfennig übrigbleiben würde. Natürlich habe ich die Erbschaft ausgeschlagen, das waren ja nur diese himmelschreienden Schulden. Am allerschlimmsten waren die vielen Kleider und ihre Schuhe. Wissen Sie, Herr Joachim, das ist immer so, wenn jemand stirbt.

Ja, ich hätte es wissen müssen, ich mit meinen Abhandlungen über Geldmengenziele und Währungsschwankungen. Nur was vor meiner Nase vorging, das habe ich nicht kapiert. Die verschwundenen Möbel, die Vierzig-Watt-Birnen, die Sache mit der Heizung, das abgemeldete Telephon ... Oder war ich einfach zu träge, um einzugreifen und zu helfen, solange da noch etwas zu helfen war? Ich saß neben Fryda und kam mir erbärmlich vor.

– Was machen Sie jetzt, was haben Sie vor, Fryda? Gehen Sie nach Berlin, oder wollen Sie zurück nach Polen?

– Was soll ich denn in Polen? Dort kenne ich niemanden mehr. Nein, ich bleibe hier.

– Kommen Sie, für die nächste Zeit ziehen Sie bei uns ein, und dann finden wir etwas für Sie. Wir könnten auch mit der Jüdischen Gemeinde sprechen.

– Ach die, sagte sie nur. Mit denen habe ich nie viel im Sinn gehabt.

– Gut. Dann packen wir jetzt Ihre Sachen zusammen. Mein Auto steht da drüben.

– Aber ich bin noch nicht fertig, Herr Joachim. Da sind noch ein paar Sachen, die ich mitnehmen will.

– Gut, sagte ich, dann warte ich solange auf Sie.

– Nein, nein, das möchte ich nicht.

– Dann komme ich in ein paar Stunden wieder und hole Sie ab.

– Vielen Dank, aber es könnte dauern.

– Das macht nichts. Sagen wir: acht Uhr? Dann bin ich wieder da.

– Hier, sagte sie und nahm eine Schallplatte aus dem Koffer. Das ist für Sie. Zum Andenken.

Es war eine Schellack–Platte in einer braunen Packpapierhülle, die sie mir in die Hand drückte.

– Josefine? fragte ich, und sie nickte.

– Dann bis später. Sie warten auf mich. Versprochen?

– Danke, Herr Joachim, sagte sie und wandte sich wieder ihrem Album zu.

Ich war pünktlich um acht Uhr zur Stelle. Das Haus war dunkel. Die Arbeiter hatten Feierabend, auch der Lastwagen war verschwunden. Der Klappstuhl stand an die Hauswand gelehnt. Kein Koffer, keine Nylontaschen, keine Pappschachteln. Ich sah durch das Fenster im Souterrain. Frydas Zimmer war leer. Ich ging in das verlassene, hallende Haus und rief nach ihr. Dann suchte ich im Garten. Fryda war weg. Ich blieb lange vor dem Haus stehen und wußte nicht weiter.

Die nächsten Tage werde ich nicht so leicht vergessen. Ich beriet mich mit Hella, und wir haben uns am Telephon abgewechselt. Daß wir nicht mit Fryda verwandt waren, erwies sich als das größte Hindernis. Wir können nur den Angehörigen Auskunft geben, hieß es, oder: Das unterliegt dem Datenschutz. Eine Dame im Einwohnermeldeamt konnte ich dazu überreden, wenigstens nachzusehen. Eine Fryda Birnbaum sei hier nie gemeldet gewesen, sagte sie, auch gebe es keinen Eintrag für Erna

Bäumler. Die Jüdische Gemeinde wußte von nichts und konnte uns nicht weiterhelfen. Der Immobilienmann, dessen Adresse auf der Bautafel stand, gab mir nach längerem Zureden die Nummer des Notars, der den Verkauf beurkundet hatte. Der berief sich auf seine Schweigepflicht. Die Bank, die für die Pfändung und für die Räumung des Hauses verantwortlich war, fertigte Hella auf die rüdeste Art ab: Da könnte ja jeder kommen. Und ich bin mit dem Versuch gescheitert, bei der Polizei eine Vermißtenanzeige aufzugeben. Dafür gebe es keine Anhaltspunkte, sagte der Beamte. Am Ende habe ich, weil ich mir keinen Rat mehr wußte, Dr Feilchenfeldt angerufen. Zu meinem ungläubigen Entsetzen meldete sich eine Computerstimme: Kein Anschluß unter dieser Nummer. Es ist ein gespenstischer Gedanke, daß ein Mensch wie Fryda, ohne daß es irgend jemanden kümmert, einfach spurlos verschwinden kann.

Gestern am späten Abend saßen Hella und ich vor einem alten Plattenspieler, den ich mir bei einem Kollegen aus dem Institut ausgeliehen habe. Eine merkwürdige Stimmung lag über der Zeremonie, die ich tagelang hinausgeschoben hatte. Wir waren gespannt und bedrückt. So muß den Teilnehmern an einer spiritistischen Séance zumute sein.

Josefines Stimme kam aus den Lautsprechern, unverkennbar mit ihrem Timbre. Sie sang Lieder von Schumann, von Hugo Wolf und von Brahms: »Kommt dir manchmal in den Sinn ...« – »Täusch mich nicht, verlaß mich nicht ...« Bei jeder Umdrehung der Platte war ein Knacken zu hören, und merkwürdig dumpf tönten die Bässe. Die Verse waren schwer zu verstehen. »Tödlich graute mir der Morgen«: das war Mörike, und dann war Eichendorff an der Reihe:

> Wie bald, ach wie bald kommt die stille Zeit,
> da ruhe ich auch, und über mir
> rauscht die schöne Waldeinsamkeit,
> und keiner kennt mich mehr hier.

Wir waren bewegt, aber diese Geisterstimme hatte etwas Verstörendes. Soll ich es gestehen? Josefines Intonation schien mir übertrieben, allzusehr auf Effekt bedacht. Vielleicht war sie gar keine so gute Sängerin – oder hat man damals so gesungen? Eine Verszeile, die ich nicht wiedererkannte, ist mir im Ohr geblieben: »Bin jung gewesen, kann auch mitreden.« Ich habe später nachgeschaut, sie stammt aus Hugo Wolfs Mörike-Liedern. Zum Schluß hat sie sich sogar an Purcells *Dido und Aeneas* herangewagt, die mir von allen Opern die liebste ist und von der ich jede Note auswendig kenne. Didos Arie ist eigentlich für Sopran gedacht:

> When I am laid in earth,
> may my own wrongs create
> no trouble in thy breast.
> Remember me, remember me.
> But ah! Forget my Fate.

Josefine war stimmlich offensichtlich überfordert, und das Klavier klang blechern, wie aus weiter Entfernung. Gerade weil sie technisch keineswegs perfekt war, ging mir die Kühnheit nahe, mit der sie sich diese herzzerreißende Klage zu eigen machte.

Wir saßen da im Halbdunkel und hörten zu, wie die Nadel nach diesem letzten Lied auf der leeren Rille kreiste, und keiner von uns beiden wollte als erster aufstehen und ihrem Knistern ein Ende machen.

POSTSKRIPTUM

Fünfzehn Jahre später bin ich auf diese Aufzeichnungen gestoßen, ebenso zufällig, wie damals der Dieb im roten Lederdreß auf seinem Motorroller mich mit Josefine bekannt gemacht hat. Vanessa bestand darauf, daß wir vor unserem Umzug nach Kildare den ganzen Kram loswerden müssen, der sich über die Jahre hin im Haus angesammelt hat. Allein schon die Kinder mit ihren Klamotten, die sie nie wieder anziehen werden, ihren Comics und ihrem elektronischen Krimskrams!

Vor allem aber ist dies eine einmalige Chance, die viel zu vielen Bücher über Effizienztheorie, technische Analyse, Konjunkturzyklen und Geldpolitik loszuwerden, jetzt, wo ich mich von dem ganzen *mumbo jumbo* der Ökonomie losgesagt habe. Wenn ich an die Zettelkästen denke, die ich angelegt hatte, bevor meine Festplatte die Herrschaft übernahm, die Jahresberichte und die vielen Sitzungsprotokolle, lauter überflüssiges Zeug, das einem nur im Weg ist, wenn man einen Neuanfang im Sinn hat. Meine Frau hängt ohnehin nicht an dem, was wir besitzen; sie reist am liebsten mit leichtem Gepäck.

So sind mir beim Aufräumen diese beiden alten Wachstuchhefte in die Hand gefallen. Merkwürdig, mit was für gemischten Gefühlen man so etwas liest. Mit den miserablen Gedichten, die ich früher geschrieben habe, geht es mir genauso. Die werde ich ohne Zögern in die Papiertonne werfen. Auch Hellas Briefe habe ich in irgendeiner Schublade wiedergefunden. Die grüne

Tinte, die schwungvolle, ausschweifende Schrift, ihre Schwüre und ihre Vorwürfe … Ich weiß nicht, ob ich sie behalten soll. Ich habe lange nichts von ihr gehört. Sie lebt mit ihrem Mann, einem Geologen, und ihren vier Kindern in Vancouver.

Sogar die eigene Handschrift wird einem mit den Jahrzehnten fremd. Wenn ich mir vorstelle, daß ich manchmal nächtelang über diesen Aufzeichnungen gesessen bin und mir über Josefines Tiraden den Kopf zerbrochen habe – ich, der nie zuvor und nie danach ein Tagebuch geführt hat … Ich erkenne mich in diesen Notizen nicht wieder. Wie bin ich dazu gekommen? War ich wirklich so verklemmt, wie Josefine behauptete, oder nur naiv? Warum bin ich ihr zugelaufen wie ein herrenloser Hund? Vielleicht war ich damals ebenso einsam wie sie in ihrer Villa, die längst nicht mehr ihr gehörte und die keine drei Monate nach ihrem Tod abgerissen wurde.

Was sie alles an jenen Dienstagnachmittagen dahergeredet hat, und was für einen eifrigen Zuhörer sie in mir hatte! Sicher, manchmal habe ich mich gewehrt, habe mir die Ohren verstopft vor ihrem Singsang. Doch immer wieder stand ich vor dem grünen Gartentor, wo Fryda mich erwartete, begierig, Josefines Altstimme zu hören, und gespannt auf ihr unentwirrbares Knäuel von Lüge und Wahrheit, Klugheit und Unsinn, Hochmut und Einsicht, Grazie und Kaltblütigkeit. Aber zynisch? Nein, zynisch war sie nicht.

Auch wenn es mir ein wenig peinlich ist, diesem Unbekannten wiederzubegegnen, der mir ähnlich sieht und meinen Namen trägt, so kann ich mich dem Reiz der Komödie, die wir beide damals mit- und voreinander spielten, doch nicht ganz entziehen, und ich werde das schwarze Wachstuchheft nicht in den Müllcontainer werfen, der vor dem Haus steht. Gewiß, damals haben wir beide versucht, unsere Fassade zu wahren. Ich war ungeschickt, und Josefine war eine Virtuosin des Versteckspiels. Aber wem gelingt es schon, ohne Fassade zu leben? Wie sieht die meinige heute aus? Das stellt sich wahrscheinlich immer erst später heraus, beim nächsten Umzug. Die einzige, die es verstanden hat, ihr Geheimnis zu wahren, ohne wie Josefine und ich zu allen möglichen Tricks zu greifen, das war die alte Fryda. Sie hat uns durchschaut, aber ich kann nicht glauben, daß sie uns verurteilt hat.

Die Schallplatte, die sie mir bei unserer letzten Begegnung geschenkt hat, ist übrigens nie wieder aufgetaucht. Wer weiß, wo sie geblieben ist. Ich erinnere mich, wie ich nach Josefines Tod allerhand Kataloge gewälzt und sogar im Internet nach Aufnahmen von ihr gesucht habe, ganz ohne Erfolg. *Sic transit gloria mundi?* Ob sie überhaupt so berühmt war, wie ich geglaubt habe? Schwer zu sagen. Aber darauf kommt es zuallerletzt an.

Ich denke selten an sie, aber wenn, dann vermisse ich diese Ohrenbläserin. So wenig Sentimentalität. So viel Haltung. Ich wünsche jedem, der heute dreißig ist, eine Josefine. Nur fürchte ich, Menschen wie sie gibt es nicht mehr. Schon deshalb ist es vielleicht nicht falsch von mir, diese Seiten für meine Kinder aufzubewahren. Vielleicht werden sie eines Tages darin blättern und sich über ihren Vater wundern.